天下文化
BELIEVE IN READING

也許你不是特別的孩子

駱以軍

Yi-Chin LO

目 錄

Part 1 一道換日線

Part 2 愛，一生的航程

Part 3 被終結的男孩時光

Part 4 一直帶著他們看這樣的美景

Part 1

一道換日線

／01／也許你不是特別的孩子

每個孩子在他父母眼中，
是一顆獨一無二的玻璃彈珠……
而他終將隱沒於更大參數的人世，
如隱沒於一整片彈珠海洋。

我哥哥小時，是個畫畫天才。我念小學的時候，他就已是學校每次繪畫比賽首獎的風雲人物。另外他還自己用作業簿畫一系列名為「小熊普普」的漫畫。不但同學，連老師之間都傳閱，等待他的連載。現在想想，那不過是十一、十二歲的小孩啊。

我父母完全不懂畫畫，用來描述哥哥從小的美術天分，不外乎家裡的白粉牆上，全被他用蠟筆、色筆、原子筆、色鉛筆，畫了各式各樣的飛機、汽車、火車、坦克、大砲。可惜我爸媽也沒認識畫家朋友，如果在那童蒙時光，有個真正厲害的老師教他真正的基本功就好了。我也跟著哥哥去上了家附近的兒童美術班，哥哥自然又是老師口中的天才，但那老師的程度，或也就是小學美術老師啊。

哥哥上了國中，據說有美術班老師來勸說他轉班。但我父親是那年代的士大夫觀念，希望我們照那時社會的價值觀，考上好大學，念理工科。似乎那樣才是光宗耀祖。很不幸，我哥和後來的我姊、我一樣，在那個青春期階段完全無法適應，成績一塌糊塗，高中重考，大學也重考，最後念的是私立大學的德文系。也就是說，相較於他小時候讓周遭人之幻覺「他長大會成為一個畫家」，他變成一個平凡的人。

我也曾想過，如果我爸那時不那麼保守封建，讓我哥去念美術班，或不考高中去念復興美工，或讓他去考美術系，會不會後來我有一個「畫家」哥哥？但好像我後來不同情境遇到的畫家或藝術家，和我哥哥是本質上差異極大的人。

無論是三十年前，我在陽明山喝酒認識一群住四合院的美術系瘋癲天才，他們油畫中那種可能是延遲的梵谷、高更、馬諦斯，那陰鬱而有缺陷的人臉、女體，或燃燒爆炸的自然景物、樹或花；或是年紀更長一些，在美術館看到的那些裝置藝術，那些壓模印出的詭異娃娃、機器人，像在另一個次元宇宙，金屬或塑膠融化或噴射的怪異形貌……。和我哥小時候畫在牆上的那些「汽車飛機」或「小熊普普」漫畫，差異實在像地球到半人馬星系那麼遠的距離啊。

但這樣的，終於沒變成（也許他小時候自己也認為將來必然會成為的）畫家，我哥卻是我父親中風癱瘓，直至過世，那臥床的四年間，在醫院或在家裡，照顧我父親，抱他移動翻身，處理大小便的那個人。我們永和老家有個庭院，父親從前種了許多樹：芒果、桂圓、木蓮、桂花、枇杷、白梅、木瓜、杜鵑……。颱風時節，都是我哥用梯子爬上爬下，修剪枝葉。我阿嬤九十八歲過世之前，也有好幾年的時光，是我哥在照顧她，陪她。

自己當了父母之後，我發現我也有所有當父母者那魔幻的執念，你會在那麼一堆小孩中的那個、你自己的孩子身上，看出所有人都看不出的、他獨一無二的光芒。我的大兒子小時候非常害羞，剛帶他去幼稚園時，他整個像無尾熊彈到我身上，緊緊抱著不放。我因為他這樣的害羞，認定他是個和別人不一樣的孩子。但不知從何時起，國二國三嗎？或是高中嗎？他好像卸去了那像半規管失去平衡般的「害羞」，成為一個可以和整教室同學相處的，尋常的孩子。

我的小兒子，小時候曾有段時間「關節韌帶鬆脫」。為了矯正，必須穿著一種特製的鐵鞋去幼稚園，難免受到其他小朋友的嘲笑，但他似乎都可以樂觀、好強的去上學。那時我也覺得他有這種對抗自己與眾不同的正能量，一定是個非常非常特別的孩子。但有一天，他腳上的鐵鞋卸下了，他還是放在正常小孩的框格裡，傻呼呼的成長，沒有過人之處，沒有獨特天才。

如果每個孩子在他父母眼中，是一顆獨一無二的玻璃彈珠。我們或是從孩子身上看到自己某種品質的胚胎，我們為它的純粹驚訝且懷念，這些品質或在孩子身上，顯得光輝燦爛；而他終將隱沒於更大參數的人世，如隱沒於一整片彈珠海洋。

／02／小孩的記憶

幼時的回憶，
大部分被遺留在那麼小的你們的「此刻」，
無法帶到長大以後的未來。
那些光影畫面會像碎玻璃飛離你們。

我想，對許多父母而言，最悲傷的一件事實是，孩子根本不記得。他那麼小的時候，那麼依賴你，而你也將整個世界的壓力全擋在身後，陪在他身邊。你像他最忠實的蘭怪、史瑞克、Keroro，守護他。

在幼稚園或小學的側門等候他，擠在一堆老爺爺奶奶和外傭女孩間，看著他排在其他小孩的隊伍裡，那麼不特殊、那麼弱小。然後他看見你，整張臉像綻放的花朵朝你跑來。他沮喪、害怕的時候，你要像電影「美麗人生」裡的父親，將這個其實殘酷的世界，描述成一個大遊戲，一座大的遊樂園。

我記得阿白上幼稚園的第一天，我和他母親偷偷躲在馬路旁的灌木叢鐵欄杆朝裡頭看。大約是戶外遊戲時間到了，所有的小孩全歡笑的，各自搶了一輛小四輪車、小三輪車、小鴨子車、ㄅㄨㄞㄅㄨㄞ馬，從裡頭蜂擁衝出。在那裝了溜滑梯、蹺蹺板的小院裡衝啊、玩啊。

我們看見我們的孩子，那麼內向，又怕跟大家不一樣。他什麼也沒搶到，但臉上掛著跟大家一樣的笑，先是空手最後一個跑出來，但我讀懂他的不安，卻又不能讓他發現他父母就躲在幾公尺的牆外。後來我看見小小的他，轉身回教室。過一會他拉著一根像拖把的棍子，那棍子下有一小排像牙齒或壞掉琴鍵的怪東西。他推著那木棍，那排怪東西就發出嘎啦嘎啦的響聲⋯⋯。

他臉上還是掛著「我和你們一樣，這是我的坐騎喔！」的笑容。

我多想告訴他，你的那隻「嘎啦嘎啦」，是這裡頭最帥的一隻神獸啊。

然後有一天，他們全不記得了。

我的兒子們，現在一個十六歲，一個十四歲了。

有一次我問他們：「你們記不記得小時候，我開車載你們在蘇花公路繞啊、繞啊，阿甯咕還吐得後座全是。後來我帶你們去磯崎海水浴場，你們一直衝向海浪，說好好玩？」

他們說：「其實我們記得幼稚園的事，都是你後來說給我們聽的。我記得的是那個你說的回憶。」

「所以你們記不記得，有一個海灘，到處都是乾死的河豚屍體？」

「所以你們記不記得，我們那時住鄉下，有一隻狗叫妞妞（牠後來死了）？另一隻狗叫阿默（我們後來搬進城裡，把牠送給我一個好朋友養了）？」

「你們記不記得，墾丁有一間飯店，有一隻叫 Boss 的琉璃金剛鸚鵡？」

「你們記不記得爺爺的葬禮？」

「都說是記得你描述的那個回憶。」

事實上，在那些時光，那個比現在年輕一些的父親，帶著兩隻小海豹般的孩子，穿過那些場景，心中的OS是：「將來你們會記得眼前的這一切嗎？」

像導演布置著光影翻動、栩栩如生、影像流動的一切，我總是跟那麼小的他們說：「睜大你的眼睛，好好觀察發生的一切。」我帶他們在夜市，丟著螢光橘的乒乓球。它們在不同高度彈跳著，有某顆掉進計分的玻璃杯，大部分是無效的失去彈力滾進最後頭的槽溝；或是廉價塑膠飛鏢甩向灌飽水的七彩氣球，有的會射中迸灑出水花，大部分是寂寥的墜地，或釘在木板。

那就像有一天會從你們手中流失的回憶，大部分被遺留在那麼小的你們的「此刻」，無法帶到長大以後的未來。那些光影畫面會像碎玻璃飛離你們。

我也是如此，我如今記得六歲以前的某幾個畫面，都是八歲、十歲、十一、二歲。某次偶然回想，或當時聽父母兄姊說起，似乎有那麼回事，然後像駱駝攜帶水壺，一段一段載運給下個階段的自己。而記得的，其實少得可憐。

所以我，那個告訴兒子「這一切都是個大遊戲」的父親，像一個紀錄片導演，不，像一個在畫面外吸菸守著不讓他們真的被危險吞噬的遊樂園管理員嗎？以為這一切，一切的一切，是孩子們他們眼睛拍攝下來，將來在他們自己腦海播放的影片。沒想到最後他們其實大部分忘記了，那個只是在一旁陪著、耗著的你，卻記下來了。

03 自己的經驗

等到他長大，

他得和自己的世界協商，建立友誼。

我們有時會神經緊繃，但忍住不介入，

或許他們會有跌跌撞撞學到的自己的經驗吧！

我記得大兒子兩歲多的時光，開始對外面的世界好奇，我會像遛小狗那樣刻意帶著他去有其他孩子一起玩耍的地方：譬如麥當勞的小遊樂區；百貨公司童裝樓層會隔一區塊，裡頭有較大型的塑膠組合溜滑梯、通道、攀繩網、球池；或是小公園的搖搖鴨子、搖搖飛機，或蹺蹺板……。

想來他們這輩的孩子，住在城市裡的，總有一種說不出的孤單。不像我小時候，父親其實管得也嚴，但總是有許多溜出家門的時光。那個年代，在永和的巷弄裡，本身就是一種冒險。你會認識附近的大小孩子，組織鬆散的和他們就著柏油地面，玩彈珠、擲小圓牌（尪仔標）、賭橡皮筋，或就在弄子裡用手掌擊一種軟皮球說是打壘球……。

更遠一點的地帶，巷子裡有野狗、流浪漢，騎腳踏車經過的賣烤番薯或冰淇淋的小販，或是可以抽五角抽的柑仔店，或甚至再遠一點跑到河堤邊玩。那是一個搖曳生姿，充滿雜沓氣味的世界。有時你會在電線杆邊看到一隻垂死的麻雀，有時則是看你的玩伴用石子準確的把人家牆頭木瓜樹上的木瓜擊落。在很小的年紀，好像你在家附近跑動，父母也不會真的擔心。而你和那些野孩子一起遊戲、冒險的時光，就好像腳踩進這個世界較淺那部分的水池。你並不全懂將來在這世界會遇到些什麼，但那樣的孩童視角的跑來跑去，其實已和當時不理會你們的大人世界，聲光氣味，影影綽綽，那麼順其自然的，鑲嵌在一起。

但到了我做父母的時光，小孩好像被關在一看不見的無菌甬道。不是故意的，但好像那個孩子們可以胡亂跑動的空間，消失了。你必須像一隻大鴨子，把小鴨子寸步不離帶在腳邊。你必須開著車，離開家，經過那些灰色聯外道路，到某一處，前面說的，大賣場或百貨公司或麥當勞，他們弄出的像太空站那樣的兒童遊樂區。那裡有其他的小孩，然後你的孩子會像小熊看到水池邊其他的小動物一樣，兩眼發光，搖搖擺擺朝他們走去。我總有一種「這一切是假造出來的孩童歲月」的不踏實感。

那可以任孩子們自主胡亂跑動的「途中」都被剪掉了。但年輕的父母，承擔不起這幾十年間，暴漲起來的城市大樓、街道、車輛、潛在的威脅者。這一切連做為大人，在其中都可能迷路的巨大冷酷異境，怎麼可能讓孩子在這裡頭冒險？

有一次，我帶大兒子在天母一家百貨的麥當勞，他還是那樣軟軟的小孩，鑽進塗了鮮豔黃紅綠藍漆的大型管道中。突然我聽到他大聲的嚎哭，我衝鑽進去，發現一個大約五、六歲的男孩，一直用腳踹他。我暴吼一聲，以大人的身軀在那過小的管道裡爬行，然後過去把那大小孩推翻在地。「你幹什麼？」我把他拖出遊戲架，那小孩當然也被我的模樣嚇哭了。後來他的阿公，一個看去很弱勢的瘦老人，一臉哀愁跟我道歉。可能他這孫子在兒童遊戲區霸凌小小孩，已不只一次了。

這是一個非常難的邊界。我記得我不斷喘氣，差一點就失控痛揍那小孩了。你不知道無意義的暴力會從哪個角落竄出，攻擊你那軟軟的孩子。這種神經質使你變成一個對周遭環境不信任的人。

這變成一個很困苦的難題：我要像我父母那輩，任孩子在外亂跑。有太多危險在小孩每一次外出的途中發生，但那經歷了危險的小孩時的我，同時蒐集了一個發著強光的經驗。或我不要負那個不可測的慌恐，把他關在這個安全的走廊裡？這個恐懼如此真實，現在我當然已過了那階段，但回想至少有十年時光，我們這輩父母，是被這惘惘的威脅，弄得筋疲力盡。

後來又有一次，我又帶大兒子去那家麥當勞。我發現他和那個之前踹他的大孩子，還有另外幾個小小孩，一起開心的在甬道裡玩鬼抓人的遊戲。大兒子一邊鑽跑，一邊咯咯尖笑，我知道他非常開心時才會這樣。那個阿公也一臉笑意趴在壓克力牆外看著裡面。我有點緊張，但又有點詫異他們之間怎麼又形成玩伴的關係。可能到他長大，他得和他自己的世界協商，建立友誼。我們有時會神經緊繃，但忍住不踏步介入，或許他們會有跌跌撞撞學到的自己的經驗吧！

04 你不知道的事

你不知道他背著你，
在他的世界，
而非你的世界，
學習了什麼祕密的技能。

我的大兒子在國中時，班上有個暴力傾向的孩子，有一段時間他回來會跟我們說些這同學的攻擊性行為。好像是個有錢人家小孩，常會霸凌班上另一腦性痲痺的小孩。當時我和他母親非常擔憂，因他是個溫和內向的孩子，但不知為何老師總將他的座位排在這問題少年的旁邊。他們每個月會全班換一次座位，我們總想，「這次應該可以換離開那不定時炸彈了。」但他回來後總是說：「還是坐他旁邊。」

我們多少有點急了，但也不想要他變成「媽寶」，希望他能學習、體會展開在他自己面前原本就充滿亂數的生命。我們不知他懵懂柔軟的心靈，承受了些什麼？只能跟他講一些趨吉避凶，不要招惹這壞孩子的提醒。

有一次家長會，他的母親跟老師提了這事——我們父母的擔心。沒想到老師告訴他母親，是的，他是故意每次都讓我們大兒子，坐在這問題少年的旁邊。他說，其實其他同學，不管男生女生，他們的父母都會反映，請老師排座位時，離那孩子遠一點。而他以一個老師的立場，想告訴我們，我們的孩子非常棒，是全班最穩定、唯一對那孩子的不確定性，可以溫和以對的人。似乎他的性情，像太極拳可以化去那孩子的暴戾，非常奇妙。當然如果我們父母堅持，他可以把座位換開，但他覺得我們的孩子，可以穩定這個教室裡讓所有老師頭大的一塊拼圖。

妻子回家後，我們開了一個小家庭會議。大兒子說：「不用換座位，我可以搞定。」

這已經是幾年前的事了。當時我心裡有個奇妙的感受：在家裡，在我們眼前，這孩子從小那麼內向敏感，但卻從另一個人口中描述的他，是個穩定、讓人信任、擁有處理這種讓人焦慮的危機的能力。我們好像總把孩子停留在我們心中那個小屁孩，其實你不知道他自己在外面學習的能力。

你不知道他背著你，在他的世界，而非你的世界，學習了什麼祕密的技能。

我國中時，我的父母不准我騎腳踏車。然而我的少年時光，是在永和，從竹林路到河堤，那一整片像水渠網絡、像十二指腸、像迷宮般的巷弄裡轉悠、迷路、冒險。

我不但和其他孩子在河堤邊學會騎車。有段時光，甚至和一位同伴在巷弄死角、沒關的公寓門、學校附近的電玩店外面，偷那些沒上鎖的腳踏車。當然那通常是一些較破爛的車，但我們確實像做夢一樣，進入一個少年的犯罪時光。騎著那些偷來的車心跳不已，在那些蛛網巷弄裡飛馳。而因為不能給家裡人知道，也沒錢買鎖，擱放在家附近的停泊處，第二天通常又被別人牽走。

你說我們是壞孩子嗎？其實以我自己的內在祕境，我應該是個並不壞的孩子。那些偷來的車，通常是爆胎、煞車線斷了的，我們倆會去河堤附近一個老頭開的車行修理。那老人渾身黑油，蹲著用水盆試車內胎的破洞，再用一枚像口香糖的黑膠將洞補上。他從不問我們為何每次的車都不同，或是為什麼都這麼破爛。我們會和他攀談，明明是小鬼，卻像愛馬者和專業養馬人那種爽利的對談，問到更多關於腳踏車的知識。

我爸是個老師，是非常嚴厲正直的父親。我在那些偷車、然後騎車穿梭巷弄，也有過和機車對撞摔得滿手掌血的那些時光，完全沒去想，若被他知道我做這種事，一定是用木劍把我腿打斷，或趕出家門吧？有天早晨，我和同伴，一前一後騎著我們偷來的車追逐著，竟然差點撞上一個高大的人。我的視焦一對準，天啊！是晨起散步去河堤的老爸。他也愣住了，先問我：「你會騎車？」然後說：「這車是哪來的？」我說是同學借我的。我爸說了一句：「你還有多少事瞞著我，沒讓我知道？」便揮手讓我離開。

那一整天我心神不寧，心想放學回去真的死定了。但很怪，那晚我父親回家，完全沒提這件事。當然他不知道我偷車這事吧，或他就只是覺得，這孩子在外頭，瞞著父母學騎腳踏車。而對那年代的父親來說，或許也是有天終要學會的技術吧！

05 叛逆期，一道親子換日線

曾經賴著你的那小孩兒不見了，
這正是生命神祕的騷動與破蛹，
那意味著他們快要離巢，
去飛他們自己的天空了。

所謂青春期的叛逆，可能是現代人當父母，要過的一道修羅橋。不過幾年以前，孩子還像毛軟軟的小動物，跟在你腳邊。你帶他到海邊、山裡、夜市、遊樂園，世界的任何場景前，伸手指告訴他萬事萬物的名稱。你對他說各種亂編的床邊故事，那裡頭的狐狸、狼、獾、孔雀、大象……，無論牠們是好人壞人，善良的奸詐的哀傷的懦弱的，他都睜大眼睛相信你說的，問你「然後呢？」彷彿你是無所不知、世界從你嘴裡源源不絕湧出的先知。

然後有一天你帶他去小學，看他怯生生加入那些和他一般的小人兒。放學時，你站在和你一樣的其他爸媽、阿公阿嬤、外傭之間，看著他精神飽滿跟著路隊走出校門。你感覺那像是你將他放在淺水礁岩讓他學習游水，你預想到有一天他會離開你，毫不依戀的游向廣闊的大海。而你，當然是伸手帶他站在那通向世界的練習起飛甲板的那個人。

這是不很久以前的故事。但有一道換日線，通常沒在這些新手爸媽的故事裡，那就是孩子的青春叛逆期。

我自己當然有自己叛逆期的故事：蹺課，打架，跟哥們混一起抽菸，到撞球店敲桿，或那個年代的冰宮鬼混，遠離父母的監視，學習外面世界的繁華、暴力、江湖情義，或弱肉強食的法則。但我們回憶這些故事時，它似乎就是一部啟蒙電影、成長小說，故事裡父母被我們甩到幕後，沒有對白，不太知道那時光他們的感受。因為等我們終於掙脫那內在荷爾蒙混亂、連自己都討厭自己的青春期，僥倖沒被社會升降梯那背面的機械碾碎，成為鬃毛豐滿的大人，父母通常也過了換日線，進入衰老的祕境。他們不太會去談，你曾經像在昆蟲變態期，那莫名其妙靈魂冒出稜角，也不是後來的這個你的，那叛逆期的幾年。

直到我們——當然都是無經驗可循的第一次，一路從小孩的守護者、陪伴者，甚或管理者，來到這個階段。啊，那真是百感交集的一個經驗。我猜所有的父母，過了這一坎，應該都會露出一種老鳥的淡定，見怪不怪了。

因為在這個章節的故事裡，你變成被孩子看不慣、對抗、想逃開、時時想發動細微衝突的，那個角色。你變成像保守黨政府，他不再相信你對世界的描述，不耐煩聽你的故事。很奇怪的，它像一個被遺棄的故事：過去十多年，你因為他，從你原本的生命角色剝離出來，你陪伴他們而變成會去兒童樂園、去動物園、去電影院看迪士尼動畫片的人，但這時他不想和你去任何地方了。你好像一個造化讓無數代人類繁衍，設定的那個孵養孩子、護他們經過柔弱童年期，但等他們一成年展翼，就裂殼飛走的乾枯蟬蛻。

於是，這些父母，終於體會到孩子叛逆期，種種滋味——曾經哭著找你、賴著你、在你身上滾來滾去的那小孩兒，不見了。他一見你就煩，你想關心他，立刻變成電視上演的那種囉嗦、落伍的爸媽。這時你開始想念，那初當父母就不再聯絡的年輕時好友，想找老同學聚一聚了。或幸運的，自己的父母若還健在，也開始想起，會變柔和的去探望了。它是一種難以言喻的細微傷害，但這個「坎」的動人之處就在於，遽失存在感的守護天使，他們會互相安慰，提醒這正是生命神祕的騷動與破蛹。孩子在某種意義上正離開你，但那意味著他們快要離巢去飛他們自己的天空了。我們當年也是這樣傷父母的心，才變成大人的。

06 被兒子教訓

我這代，即使成家有小孩了，
對老爸仍是唯唯諾諾。
有一天我和兒子不是在規訓與教訓，
而是像朋友聊天，這不是很美妙嗎？

跟妻兒們去一家麵包店，店員是個甜美的女孩。我因為之前手中一坨髒衛生紙，一路找不到垃圾桶，看那女孩腳邊有個大橘桶，裡頭全是廢紙塑膠袋，遂問女孩這紙團可否請她代丟，女孩很輕快的答應，我笑著謝謝她。

沒想到出來後，兩個孩子一直指責我：「爸鼻，你怎麼可以把那麼噁爛的衛生紙拿給人家？你這不是最討厭的那種顧客嗎？」我跟他們解釋，我的態度很好，並沒有傲慢、羞辱之意。而且你們剛剛也看到了，那個姊姊並沒有不快之色，我只是請她幫個忙啊。但兩個孩子仍是對我一陣圍剿，我覺得他們對我太嚴厲了，心中怏怏。

我知道他們會如此在意，是一種良善和害羞性格的混和，但那若是活在亂數更大的社會裡，這麼小心翼翼怕冒犯到別人，這會讓自己活進一個純淨但孤寂的小房間裡。

不過，我想起有次朋友C說，我們的父母後來因為老去而執拗、退化像小孩。而我們總是想孝順，常敷衍他們，不願起衝突。其實這個世界日新月異，任何人前半生甚至大半輩子的知識和經驗，都無法支應這個全新的世界，所以子女其實有再教育父母的責任。

這話乍聽不太順耳，但其實若是子女分享他們在其時代的所見所知，並不像我這代，即使成家有小孩了，對老爸仍是唯唯諾諾，也許我父親生前，我可以教他開車、打電動、轉乘捷運，他生命最後兩年，或許不會那麼孤獨的懶坐在客廳沙發。

我想起兩個孩子還很小時，我常教訓他們要有對所處空間的觀察力和想像力，要有同情理解他人的能力。有一次，我們在一家老麵店吃麵，客人非常多，老闆便讓我們和一個老爺爺帶著個小女孩同桌。這對爺孫倆看起來非常髒、窮，我從大兒子眼裡瞥見一抹嫌惡。當下沒說，等吃完麵走在街上時，我狠狠訓了他一頓。告訴他們別人會有感受的，你從心底排斥對方，對方就會接收到那種被不喜歡的情緒。

孩子可能記下了我給他們的教訓，他們確實在時光中變成比別人柔軟的那種人。但這時我又擔心他們這樣的性子，在真實的世界裡會吃虧。有一次，我們乘坐他們母親開的小車，在巷子裡，前方一台車擋在路上，可能是想要卸貨。妻按了一下喇叭，那車主或看這駕車的是個女的，一副流氓氣的走過來。我推門下車，大約我魁梧的身材和凶惡的臉嚇到他，他才退回去把車移到路邊。

孩子們像坐在那種遊覽野生動物園的車內，觀看獅子和花豹的鬥爭。我回車上後，他們疑惑的眼睛，似乎拼圖碎塊拼不出一個完整的、在人世間要柔慈謙畏，或凶悍強暴，怎樣的一張圖？

後來我們一起去看了「星際過客」，故事設定是一架遠航太空船，要光速飛行一百三十年，從地球穿越浩瀚銀河到一顆新殖民星。太空船上的五千名乘客全被設定成休眠狀態，但飛船途經一個大型小行星帶時，護盾嚴重受損，引發故障，必須提前九十年喚醒機械工程師，這使他在絕對孤寂裡像魯賓遜在無人荒島。這部科幻片以男主角忍不住那孤獨的瘋狂，將一個休眠艙裡的美女提前喚醒，和他一起度過這奇異的絕對孤寂。等所有人到達目的地醒來，他們早已死去了數十年飛行時光。

走出電影院，大兒子對我說：「這個男主角和女主角，都是人格很高尚的人。」我問他怎麼說？他說：「在那樣的壓力下，他們要持續一生，結果沒有把其他五千人全弄醒。爸鼻，如果是你，你一定會把大家全叫醒陪你吧？」這真有趣，人類的道德何其幽微難解？有一天我們不是在規訓與教訓，而是像朋友聊天，討論這些無從選擇的道德難題，這不是很美妙嗎？

07 新環境

想要融入新環境，
似乎要多長出一分跟人哈啦的本領，
學會幽默、放輕鬆，
心裡還要有一條線，預防他人越線踩踏你。

大兒子升高二時轉到一個新班，除了他和另外兩個轉班生，其他同學都是已相處一年的老交情了。第一天上課回來，他很沮喪，我和他母親都非常擔心。他的性格像媽媽，非常內向，怕出醜，對他人的評價或指指點點，感受的觸鬚極纖細。他母親在少女時候，全家由澎湖搬來台北，當時直接轉學插班到一個完全陌生的班級，恰好遇到一位有語言攻擊狂的老師，上課對她冷言熱諷。澎湖的孩子習慣在學校大家都玩成一片，單純無心機，課本沒帶就到隔壁班借，基本上還是一種鄉下孩子間的人際關係。突然感到台北同學的疏離冷漠，十五歲的心靈受到極大的創傷，陷入憂鬱，成績從在澎湖的第一名掉到掛車尾。這個不愉快的內心創傷，一直到大學，才慢慢自我療癒。

我和妻子私下說：「如果是小兒子就好了。」他那個痞子，臉皮厚，會耍寶說笑話，很容易就在新環境結交一群一起混的哥們。

事實上，到一個新環境，建立對這個空間的辨識和如何躲開老成員莫名的敵意、排外、孤立，這是大腦內非常精密的高度運算和感受，是很難的創造力功課。對一個十六歲的孩子來說，真的是很難的課題。首先，你根本無須吃下那些惡意和孤立。那是一種人類非常低劣的情感模式。這延伸到大人世界，為什麼覺得我是老鳥，我就是強者呢？

我的「新環境」症候群則是：我小學時，換過三所學校。先是小三升小四那年，父親因為和就職學校的校長吵架，被解聘失業在家一年，於是我被從私立小學轉到隔條街的公立小學。後來是五年級的時候，遇到一個非常凶殘的老師（體罰方式是用報夾打屁股，藤條打手背，或用鉛筆像夾棍放手指間使勁夾手指），我父母又讓我轉學到離家較遠、另一所很小的私立小學……。

那樣小的年紀，轉換新環境，常常是獨自站講台對一教室陌生眼光自我介紹的「新來的」，這對我日後的人格有沒有影響呢？

我仔細想一想，應該是有一種骨子裡想討好人的本能吧？首先，你坐進那教室的其中一座位裡，根本搞不清楚這團體裡，誰和誰是一掛？哪些人和另些人水火不相容？誰誰誰是老師的寵兒？誰誰誰家裡有錢？或這班會籠絡人心、帶頭的又是誰？你像隔著一塊厚玻璃看世界。如果你想要融入這個新環境，似乎演化要多長出一分跟人哈啦的本領，要不然你就會奇怪的被隔阻在教室的牆邊。

奇怪的是，這一切在最初的幾天，或一、兩個禮拜就決定了，你成為一個人緣好的人，或一個孤單的人。這樣的空間經驗學習，對一個孩子來講，是非常殘酷且龐大的訊息解讀。那使我上大學後，成為班上見不到人的蹺課獨行俠。出社會後，我又無法進入辦公室上班。因為我非常害怕那種隱藏如蛛網般的人際關係，但我又非常敏感能判讀一切。

後來讀張愛玲的《小團圓》、《雷峰塔》，她的青春期，就是痛苦於這種多維度面對四面八方之人，他們內心即使最輕微的控制欲、最輕微的嫉妒、最輕微的蔑視，她都能接收的細微感受力。那使得她左支右絀，常像無啥平常之事卻從腔體裡要尖叫一樣。

怎麼辦呢？做為父母，我們要給大兒子什麼樣的建議呢？如果這個經驗的掌握，是我們即使現在是大人了，還是非常困難的功課呢？

恰好一家人看了電影「進擊的鼓手」，那個年輕的，把打鼓當作自己夢想和生命的天才，遇到一個可以讓你的夢想實現，但卻羞辱你、踩踏你，在心靈層面已在霸凌、強暴你的年長些的天才。要怎麼辦呢？

妻子給兒子的建議是：「即使遇到這麼強的人，這麼迷人且發著光的人，但有一條線你有權利不允許別人跨過：那就是羞辱。即使在你和他的力量懸殊而形成了強者和弱者，有一個信念是：一個人沒資格羞辱另一個人。你如果意識到有人踩線了，即使他披著多高貴的理由，你都不能允許他繼續越線。因為將來繞過很長的路，走過很多日子的人生，你就知道，沒有任何一個理由值得你去受那個羞辱。即使是比你聰明的人，比你有權力地位的人，比你懂更多知識的人。」

我給兒子的建議是：「學會幽默、放輕鬆，笑話這種東西，就是為了解決人類文明，對對方陌生而產生不必要敵意，而發明出來的。」

08 孩子閱讀的時光

他們後來成了愛看故事書的小孩，
願意打開一本新書，
啟動一趟閱讀，
翻開一個全然不同的世界。

孩子們很小的時候，新手父母很緊張，總怕他們將來不讀書，就會去誠品兒童書店，買一些說起來連「書」也不算（因為全本書幾乎沒幾個字），但做成書模樣的「小孩書」給他們。那個書頁非常厚，像硬紙板，上頭黏著一塊布、一塊皮革、一塊瓦楞紙、一片帶著絲線如髮的圓形塊，甚至有一片陶瓷或塑膠。可以想像，那是想在孩子還在用手指觸摸，對任何新事物皆建立第一次認知的時刻，希望把「翻書」的習慣，藏進他們的潛意識裡。

慢慢的，是一些比較簡單的故事，小狗波波的故事、兩隻小豬的故事、狐狸和鸛的故事，各種動物的故事。那時很窮，其實這種訊息含量極低的兒童書頗貴，但當時買書從未手軟。

後來，他們成了愛看故事書的小孩，如年輕初為父母時所願。但也沒有變成什麼小學六年級就讀完全本《紅樓夢》，或《百年孤寂》，或《資治通鑑》的那種天才。

我也記不得是幾年前了，他們讀著奇幻小說、武俠小說、推理小說、科幻小說。最開始我對他們讀的《哈利波特》嗤之以鼻，但後來已形成到書店他們買他們的書、我買我的書，彼此不相干涉。

當然某個階段，他們也會受同儕影響，偷上電腦打電動。後來更是有了平板，有時我闖入他們的房間，突然看見一個閃瞬，把平板藏到一旁的墊枕。這些其實沒什麼，我在他們那年紀時，不也說謊瞞著父母，說去補習，其實是跟同伴跑去西門町獅子林大樓打電光亂竄的遊戲機台？或是去巷子裡的破爛撞球店敲桿？

說來他們比起同齡少年，已經養成了讀各種雜書的習慣，這是我最開心的。大兒子說他們班上有一個天才，高一就讀完卡夫卡，我心底一點也不覺得這很重要。我二十幾歲時很認真讀過卡夫卡的《城堡》，三十幾歲重讀，卻跟第一次讀一樣，全然陌生；前幾年再重讀，還是全新的感受。

主要是，最初的誘騙。他們已養成有本書在那兒，會想去把它打開，從第一行開始，啟動一趟閱讀。他們已經印入潛意識，翻開書就有一個全然不同的世界。那和他們必然會進入的網路世界，如此不同。有一天我不在他們身邊了，他們還是會走進書店，抓一本想讀的書，坐在咖啡屋、坐在機場候機室、坐在路邊，愜意的閱讀。這是我最開心的事。

但往往心底還是有種失落，那是做父親的心境，有一天不知道孩子在讀什麼？不知道他們翻開的書，會在哪些地方陷入幻想？哪些地方會心微笑？哪些地方對另一個次元世界憧憬？哪些地方，為書中所說，牽引他們的恐懼或哀惘？

大學時在小說課讀過一本書《夏綠蒂的網》，故事大約是說一個農場裡，有小豬、羊、雞、乳牛、鵝、狗、貓……各種動物。牠們之間可以說話，而且農場主人的小女兒也會和牠們聊天，聽得懂牠們的話，那是一個人類和自然神靈相通的世界。但後來這小女孩長大了，談戀愛了，有一天突然聽不懂動物們說話了，那個能力消失了。

這時農場小豬遇到一個危機，就是農場主人要把小豬帶去市集賣了——賣了的下場當然是被宰了。小豬非常害怕慌張，但其他動物都想不出救牠的方法，唯一的救星——那小女孩，這時卻聽不懂動物們說話了。

故事的高潮是在市集裡。第二天就是小豬的末日，這時出現一隻叫夏綠蒂的蜘蛛，牠看不過去了，於是花了一整個晚上在小豬頭上方的牆窗吐絲。第二天，市集的人們發現這隻小豬的上面有一蜘蛛網，織著：「神奇之豬」。這造成轟動，人們爭相來看這神蹟，農場主人因此也不捨得賣這隻明星豬了。

這是一個奇妙的故事，動物們失去原本是牠們的守護者——小女孩，但憑動物世界自己的創造性，拯救了小豬。但有一個很悲傷的設定，就是原本小孩的世界和動物所代表的自然神靈世界，可以自由相通，沒有隔阻。但過了「長大」那條界線，就失去了那個能力，聽不懂動物們在說什麼了。

Part 2

愛，一生的航程

／09／ 多出來的那些

和田園詩終會失落一般，
許多在孩子成長過程中，
你想加進他靈魂裡的，
其實都是多出來的。

好友在埔里一所大學任教。十幾年前，孩子還小的時候，我和妻會帶著兩個小孩，開車到埔里找他們。他的一對兒女年紀和我的小孩相仿，但是從小在野外長大，總是帶著我孩子去田裡冒險。那個叫可名的男孩，能找出鍬形蟲或竹節蟲的幼蟲、抓吐信的蜥蜴、分辨各種不同顏色的蕈類的學名，我的孩子佩服得不得了。他家且養了白鵝、公雞、貓、鸚鵡，屋後的田壟種各種菜、奇花異蕊、各種南洋的水果，還種稻。

我那時帶孩子下去，有一種對「讓他們成為五穀不分的城市小孩」感到愧歉和補償，孩子們驚呼地跟著可名哥哥在樹林裡亂竄。我知道因為住在城裡那小小的公寓裡，他們的腳踝失去了多少能在田水爛泥裡跑、在鋪滿各式落葉的腐土上跑、在水圳裡腳趾感覺水流細細淌過、在小山攀岩時腳掌被岩石割破這許許多多經驗。他們的眼睛失去了多少光線和顏色的變化，他們的鼻子、耳朵，失去的更多。

這不是城裡人對鄉下的矯情感傷。當孩子們站在那有遠山、有田水，閃閃倒映天空的畫面裡，你知道他們真的喜歡、羨慕。

回到台北，我們在公寓裡也布置些東西，讓他們在這空間裡，還有些和大自然的連結。我們布置了一個水族箱，當然從玻璃缸、底沙、水草、過濾器、燈、水質的控制，這一切都充滿人工味。但那些孔雀魚啊、燈管魚啊、紅豆魚、各種小蝦、垃圾魚，牠們款款搖擺，自成一個生態。

小兒子有一陣子還養烏龜，但烏龜換尿很麻煩，後來都是我在做。他還養過獨角仙、鍬形蟲，還有從小學校園抓回來的螳螂、蟋蟀、金龜子，當然這些蟲最後都是以死亡作終。

後來我們又養了隻鸚鵡，我們感受那鳥的聰明、壞脾氣，任意在屋內亂飛，降落在我肩頭，用鉗子般的嘴喙輕輕啃咬我耳朵。你感受到鳥的翅羽搔過手背那癢癢的感覺，牠帶給我們一種渴望飛行到天空的躁動，一種屬於鳥的野性。幾個月後牠真的從窗縫鑽出去飛走了，孩子們哭翻了。後來我們又去收容所領養了四隻小小狗，這是另外的故事了。

和田園詩終會失落一般，許多在孩子成長過程中，你想加進他靈魂裡的，其實都是多出來的。

你第一次和他們在電影院看的不再是「怪獸電力公司」這種動畫，而是「X戰警」的第幾集。那其中扭曲的恨意、傷害的情感、糾葛的仇大恨深，我在黑暗的戲院看著一旁的他們，他們兩眼發光盯著上方的銀幕。

後來他們在家裡電視看了「怪醫豪斯」。我們一起去電影院看了「鳥人」、「天才柏金斯」、「樂來越愛你」、「會計師」，我們走出戲院，會品評這片是好片還是爛片。這都是多的，未必會發生在他們生命中的戲劇性，他們未必會認識那樣的人，到那些國家或城市。

或是，我們走在永康街的人潮裡，他們會從口袋掏錢走上幾步，放進托缽和尚的碗裡。這都是多出來的。但我知道他們會在自己的情感實驗室裡，收藏了較大的儲存，他們可以調出，排列組合的可能性大很多。

就如同我小時候，我母親總愛帶我到保安宮，我們用架上蠟燭點了大把的香。正殿是保生大帝，後殿有神農氏，還有媽祖、文昌帝君、武聖、註生娘娘，這些神明和那年紀的我沒有關聯，我不知道母親拉我們到這些廟宇裡，是否想將一個香煙瀰漫，暗影中神明的臉讓我害怕，那是否是母親那年代的電影院。她希望我們多一層的想像，有個神明宛然在那層層煙薰後面的世界裡。

確實我長大後，每每經過廟宇，內心若有徬徨、憂懼，也會走進，向那些兒時相識的神明拜一拜。所有你在孩子小時，帶他們走進的，與未來現實世界無關的，將來那些風景都會存在他們的心裡面，在你不知道的時候，被他們召喚出來，像一張霧中風景的小底片。

10 我希望你學習流淚

我希望他擁有對情感的想像力，
對因為擔心所愛而悲傷、哭泣，
這正是我想要他學習的。

我的小兒子，從小愛從外面抓昆蟲回來養，蝴蝶、蚱蜢、蟋蟀、金龜子、竹節蟲，各式各樣。但這些昆蟲多半壽命短促，所以我們那個小公寓，常有這樣一小箱、一小箱的透明飼養箱，好像每日都發生著朝生暮死的情景。有天我在妻養開運竹的水甕，發現一隻剛變態成成蟲的胖蜻蜓從裡頭飛出。原來是小兒子去山上人家種海芋的水田玩，就捕撈了蜻蜓的幼蟲水蠆回來。也有過不知從哪兒抓來的螳螂，但必須去水族街買一整盒活的麵包蟲給牠當食物。那畫面頗噁心：飼養箱下面數百隻麵包蟲蠕動著，像搖滾轟趴的舞池，那隻螳螂在裡頭一段枯枝的上方待著，肚子餓了便敏捷爬下去，抓一隻扭動的獵物上來進食。

有一天，兒子們在臥房大喊：「爸鼻，麵包蟲叛變了，把螳螂扯下去分屍了！」我跑進臥室，看那飼養箱的底部，像監獄囚犯暴動。那些麵包蟲仍在劇烈的蠕動，而螳螂那翠綠舉鉗的神威身影，只剩下一些破碎的綠屑殘骸，在那瘋狂波浪上漂著。還有一隻麵包蟲，頂著那螳螂的臉殼，約略在啃後面的腦吧，像一個舞獅的孩童舉著大面罩。那景象真是恐怖。

也有帶他們去八里海邊，回來就偷偷裝了兩隻小招潮蟹。一隻沒兩天就死了，另一隻真是奇蹟，過了半年還活著，小兒子稱他「神蟹」。我每天餵牠碎肉或水果，幾天幫牠的飼養箱換水時，還要將那水加一些鹽。有一年，我押著兒子，我們開車把這隻命硬的螃蟹送回當初抓牠的沙灘。不知是否心理作用，我們把那小招潮蟹放在沙灘，牠不敢相信的停頓一會，然後快速拔腿，向海的方向狂奔而去，那裡有上千隻牠的同伴沙沙沙的呼喚牠吧。

也有養烏龜，三小隻養在水盆裡。之後全是我在幫牠們餵食和換浸泡了排泄物的濁臭之水。烏龜這種東西，完全沒有療癒互動的功能，牠們就是貪婪的吃你餵的飼料，然後排泄。我非常生氣，怒斥小兒子：「牠就是不該生存在這種狀態，你只想著擁有牠，但你已讓牠失去本來美麗自由活著的那種亮眼，牠們變得好醜。」原本我提議去瑠公圳旁放生，但是到了現場，發現水池裡約有三、四十隻牠們這種巴西綠蛓龜，非常大隻。應該是養到非常大了，養不下去，都來這放生。我們放下去，那三隻小烏龜一定就被吃啦。後來是給一位我妻子的學生收養。

有一次，養了一隻「中國火龍蜥」，養著養著，竟忘了自己有養這寵物，好幾個月沒餵食。有一次家裡大掃除，我在角落發現一飼養箱，裡頭那蜥蜴，趴在汙水中，還目光炯炯瞪著我。小兒子大喊：「神蜥！竟然還活著！」我們推斷，應是牠自己捕食飛過的蚊子維生。

他小時候，我會為這樣的事非常生氣，甚至有次大發雷霆，還K他的頭。「你這樣毫不在意人家的感覺，人家本來活得好好的，結果你因自己的一時貪戀，讓牠廉價的生，廉價的死。我怎麼會有你這種兒子？」主要我很怕，他長大後，若是這樣對感情的態度，那也會在愛情上，在權力關係裡，成為那種無哀憫不忍之人。

但他還是不聽。我們家有一魚缸，我在裡頭養了最小的燈管魚、孔雀魚、一些櫻桃蝦、一尾吃排泄物的琵琶鼠，以及有綠光盈滿的各種水草，在過濾器運轉下，是一個生意盎然的小宇宙。但有一陣，不知什麼原因，整缸的生態被破壞了。一開始是蝦全滅了，接著每天都有魚屍浮起，最後連那尾大琵琶鼠都翻肚死了，整個大浩劫。我太悲傷，也沒去把那魚缸整個清掉、重建。也是過了幾個月後，有天終於想還是把這死缸的水抽出，把底沙清洗一下吧。正弄著時，被一長形穿梭在沙裡的黑影嚇到。我咆哮叫小兒子過來看。原來是之前他和同學去山上玩，從溪裡撈抓的小泥鰍，帶回來偷放進我們水族箱裡。竟始終沒被我發現，兀自捱過大滅絕，長到那麼大！

一直到三年前他生日，我們被他盧得沒轍，一起去植物園後面那鳥街，買了隻鸚鵡雛鳥。這隻鸚鵡非常聰明，是我們用奶瓶把牠養成成鳥的。我們沒關著牠，也不願如鳥店老闆建議剪去飛羽，讓牠自由自在的在公寓中飛來飛去。那時期我在臉書寫了許多這隻鸚鵡的趣事。但終於有一天，這鳥兒從我們沒注意的紗窗窗縫鑽出去，飛了。那兩週，我們在附近巷弄抬頭尋找，喊叫那鸚鵡的名字，也在鄰里的公告欄貼了許多尋鳥啟示。但終於沒能找回。

那一陣，小兒子說起這鸚鵡就哭泣，我安慰他要學習失去，學習如果那麼愛的對象，牠渴望自由、渴望天空，我們也要學會讓牠去啊。但兒子不理我，傷心的哭著。我還想再勸，突然心裡想：「啊，這不正是我希望他擁有的，對情感的想像力，對因為擔心所愛而悲傷。這不就是我想要他學習的嗎？」

/ 11 / 愛的學習

妳的堅強柔慈，
一定會存在他內心，
在他之後的人生路上，
使他成為一個和別人不一樣的人。

我的一位好友，前些年丈夫去大陸做生意，他們的孩子那時念高中，她自己白天在出版社上班，晚上回家要照顧快九十歲的婆婆，還有一位大伯（她先生的哥哥），但大伯從小智能障礙，生活上就像個老小孩。

前幾年，先是這個一生都在童蒙狀態的大伯猝死。家裡只有她和婆婆和兒子，她只好自己扛著，幫死者擦洗、換衣褲，唸經，等天亮找葬儀社。第二年換成婆婆過世，還是她帶著兒子扛著，處理葬禮一切，她丈夫在整個過程中只回來一天。這中間她還要應付小叔夫妻的騷擾，他們硬說媽媽的遺產（事實上沒多少）分得不公。

那一年，她自己的父親過世，因為是外省人，家裡人丁單薄。當時她對我感歎，她的這孩子，才只是個少年，卻孤伶伶跟著她，處理這些家族裡老人們的死亡。他那黑白分明的小孩眼睛，就看了這麼多悲傷，甚至是害怕的場面。孩子才那麼小，就在那麼密集的葬禮中，代替他爸捧他祖母、大伯、外公的骨灰罈。

我安慰她，不會的。這孩子跟在妳身邊，看著妳莊重、認真的照顧這些老人，然後在他們跨進死亡之換渡線時，幫他們擦洗、安置，溫暖照顧他們的亡靈，他都看在眼裡。這是多奇妙的學習，那使他學習不恐懼、鎮定、用自己的溫暖拖住那原本黑魅的死亡，那會使他成為一個堅強的男人。

又過了幾年，她和丈夫終於離婚。因為他在大陸，像那些走馬燈般的通俗故事，搞上了個大陸小三，一個年輕女人。她什麼都沒有，錢、房子都沒有，因為丈夫在大陸的投資不順利，可能那小三也咬耳根讓他轉了更多錢過去，那其實是這男人的老底了。她帶著她得了帕金森氏症的老母親，在外租了個公寓。孩子這時大學畢業，當兵退了伍，自己在外租屋打工。等於這個家就像丹爐裡的裊裊白煙，一場幻夢，就這麼拆散了。

她自己的工作也遇到許多困難，這幾年出版業進入冰河期。有次我跟她喝咖啡，她說她就是心疼這個兒子，看上去是個大人，其實內心還是個孩子。這個家這樣分崩離析，不曉得這孩子內心有多大創傷。但前幾天她又告訴我，她的兒子和女友收養了一隻流浪狗。那是隻邊境牧羊犬，智商非常高，但可能被前主人遺棄的過程，受到極大驚嚇，總是黏著她兒子，帶來她和外婆這邊，她兒子才出門，那隻狗便哼哼唧唧對著大門痴痴的等。

她兒子解釋：「這是分離焦慮啦。」她也詫異兒子對那狗展現出她從沒見過的愛和包容。「我覺得他好像愛那狗勝過愛我和他爸。」周圍的親戚和朋友都警告她，這孩子二十六、七歲還沒找到穩定工作，未來他們的就業環境只有更險峻，不要被隻小狗拖住了出去闖的鬥志啊。

我笑著對這朋友說，妳兒子真是個好孩子，妳擔心的所謂他成長至今的陰影，我猜一定有，但他很愛妳，所以從不對妳散發那些負面情緒。那就好像是水池裡沖亂的一些小球、小方塊、小積木，終於在他收養這隻小狗上，找到了一種「成年人的情感完整性」，一種確定關係的學習和統合。

他小時候，目睹妳堅強柔慈的送那些老人走，這一定存在他內心。這種愛的能力，在他之後人生的二十年、三十年、五十年，會使他成為一個和別人不一樣的人。他們必然會面臨在工作上受到屈辱、遇到挫折、被信任的人背叛、目睹人心的險惡，有時會陷入超乎忍耐的孤獨。或有一天，包括妳、他最摯愛的人離開，這本就是最終要面對的，像被扔進榨汁機裡，被旋轉鋼刀攪碎的各種痛苦。但妳可以對這孩子放心啦，小狗的毛多柔軟，和主人之間的擁抱與愛撫多麼療癒，他在這個階段形成了一個祕密的愛的房間，這可以讓他在之後的人生路上，抵禦所有磨難呢！

∕ 12 ∕ 小熊

小牡是新來的，被那些在地老狗追，
小熊是隻像藏獒那麼大的狗，
把新來的小牡當自己的孩子那樣保護，
這樣等於有那一區最大咖的罩著小牡……

我們家的一隻小狗，叫牡牡。那時一次收養了四隻小狗，後來整個照顧不來，便把一隻叫宙斯的，送養我高雄的一位老友。這隻牡牡，則送養台中一位我的讀者，他爸媽家是透天厝，原本就養了三隻狗，聽來是愛狗人家。我們家只剩下小端和小雷兩隻，兒子們捨不得讓我再送人。

有一次，我們一家開車下台中去探望小牡。發覺不只他們家的狗，那附近隔壁鄰居的狗加起來十幾隻，那些狗們和小牡互相追逐，不，我發現牠們全在追小牡，而且全發出咆哮聲。看起來小牡是新來的，被那些在地老鳥，不，老狗霸凌嗎？但我看那收養小牡的年輕人一臉安然。也許他是個「狗就該認牠在自己的生態，和其他狗相處、摸索出生存之道」的信仰者。

但這時，從隔壁家車庫，閃出一隻像藏獒那麼大的狗，非常威嚴的「汪！」了一聲。其他狗立刻不敢亂吠，小牡也躲至這隻很像高大的印地安酋長的大狗身後。小牡的新主人說，也不知什麼原因，這隻小熊（名字和牠威嚴的外型不太合啊！）非常喜歡小牡，每天把小牡當自己的孩子那樣保護，還把牠的狗飯分小牡吃。我們聽了，太開心了，等於有那一區最大咖的罩小牡，那樣我們就放心了。

三年前，小牡的主人寫信給我，說他得了憂鬱症，家中父母生意不好，他們可能不想養小牡了。當時我心裡不是很高興，哪有收養了人家的狗之後還「退貨」的？但我還是和小兒子去台中，將小牡帶回來。根據獸醫跟我們說，小狗這樣被無來由的換主人，會有很強的遭遺棄感，要我們多注意小牡的心理。我跟小兒子說：「沒問題！我們把牠疼回來！」

但狗有地盤性，小牡回我們家之後，那原本可憐見的、從小小狗偎在一起被我從收容所領出的姊妹——那隻一直留在家的小端——或因習慣只有牠和弟弟小雷獨占主人全部的愛，或就是動物天性裡，一定要排除威脅自己地位者。總之，從妹妹「被退貨」回來的第一天起，小端就不時威脅性的把臉湊在小牡的臉前，威嚇的發出咆哮聲。小牡雖然以躺下翻肚表示臣服，但究竟性格中也有野性，也是在那樣的互相威嚇，假動作啃向對方，偶有幾次就擦槍走火，真咬成一團。

大兒子和我都曾在牠們互咬的混亂中，想伸手去拉開而被誤咬，鮮血淋漓。初時我因這事揍了小端幾次，但小端又是大兒子的心頭肉，我揍了牠，大兒子反責怨我。啊，這說來像不像在講《紅樓夢》啊？後來若又打架，我就把小端拎去關在浴室（其實大概只關一分鐘），妻和孩子們就不忍心了。後來我也想，或許狗兒這樣也是無可奈何，城市公寓裡，有牠們自成系統的生態吧？

這樣幾年過去後，小牡好像也慢慢在我們家找到牠的位置。雖然還是常和姊姊假咬來咬去，有時甚至跑去偷咬姊姊一口，或是我到後陽台晾衣服時，牠會跑到後面來，扭臀撒嬌。因為牠知道姊姊不愛到外面的晾衣陽台。那時我會蹲下，不怕惹小端不爽，很認真的疼牠。

小狗好像是以占小範圍的地盤，來打發牠們無聊的時光。有天我和孩子們聊起這件事，小兒子說：「你知道為什麼嗎？」「為什麼？」「因為小牡認為，你是牠現在的小熊啊。」

13 市場的女人

這個市場的氣味，
來來去去的，
有種被生活本身剝奪、說不出來的哀傷，
對我而言，是如此陌生。

小時候，家裡經濟比較緊，母親每週帶著我哥和我，老遠從永和搭公車，到當時西門的一個「中央市場」。那是極大的批發市場，一旁就是環河快速道路，中南部的蔬果、豬、雞、魚，一貨車一貨車運上來，價格當然比一般市場便宜。母親的戰略就是，我們一次去買一禮拜分量的菜，用菜籃車搭公車扛回家，這樣每月省下的錢也頗可觀。

但那是個早市，我們通常到的時候，這些果菜批發商都快收攤了。地上積著一層厚厚的黑汙泥，路邊有被亂扔腐爛的瓜果、菜葉，或布滿蒼蠅的死魚、爛肉。一些穿著膠鞋和皮圍裙的菜販，在灰濛濛如夢境的稠態光影裡，疲憊的拉著拖車走著；或一些癩痢狗翻找著動物屍塊；或有那年代凶惡的警察，抓著流動攤販的秤，那些老婦哭求著拖在後頭……。

我母親總要我站在市場一處角落，看著我們的菜籃車，她則帶著哥哥四處搜尋，一袋一袋買回來的菜，就丟菜籃車裡。我記憶裡那菜市場，比現在的 COSTCO 要大好多倍。那等待的處所，對面就是一雞販。我總站那兒兩小時吧，看著那些也是一臉刻苦的人，從一大鐵籠裡上百隻羽翼豐美的雞，呱呱亂叫中拎起其中翻翅掙扎的一隻，毫無感情的用刀割斷牠脖子，然後把牠扔進一冒著煙的滾水桶裡。我總是充滿驚恐的看著水桶裡那垂死之雞碰碰掙扎的震動，然後終於靜止。

這個市場的氣味，來來去去的，有種被生活本身剝奪、說不出來的哀傷。對我而言，都是如此陌生，和我們居住的永和是如此不同的世界。

有一次，我哥可能學校有事，換成我姊。那次我母親是自己拿著袋子去搜尋買菜，讓我和姊姊留守菜籃車。我們一旁有個婦人，應是那年代在市場裡出賣力氣，幫人用小拖車運送貨物的苦力。她長得非常醜，在我們兩個小孩的眼中，可能是真的造成視覺上極大震撼的醜。

或許小孩子性格裡就有那種殘忍的質素，我們也缺乏足夠的生命經驗，去尊重你不熟悉的人和世界。或許如果我和我姊各自落單站在那兒，那一切粗礪、勞苦、臉色灰暗的人們形貌，會真正憂傷的進入我們靈魂內層。但那時我們有彼此結伴，互相壯膽，或我姊是第一次跟我站在這對她也驚奇陌生的視覺位置，她還沒有足夠的時間讓那一切貧窮、髒汙、疲憊，緩緩讓眼睛柔和的看視。

我記得我姊小聲對我說：「你看那邊那個女的，長得好像河馬喔！」確實她這形容，以漫畫或卡通的簡化線條，真是貼切。於是我們兩個小孩，摀著嘴、小聲的，嘻嘻哈哈拿這個話題玩笑說嘴。

其實我不記得我們說些什麼了，但我和我姊，或我們父母給的家教，絕不是那種刻薄、羞辱他人的小孩。我們一定以為這樣的悄悄話，別人不會聽見。但事實上，那些細若游絲的話語，飄到那女人的耳中，整件事我其實還是覺得不可思議：那女人突然轉過身，一臉悲憤的，對著我姊，用半台語半國語咆哮著：「對，就妳長得美，別人就是醜八怪！」

我記得在那畫面裡，我姊煞白了臉，我更是害怕，丟臉透了。好像那些灰影濛濛的市場裡的人們，全轉過頭看我們這邊。說來我們都只是小學生啊。但那女人的嚎叫如此憤怒，如此哀痛，是我們那年紀，完全不能理解的生命加在她身上的苦難與悲哀。

我不記得後來我母親提了她買的菜過來時，這事是否像沒發生過一樣？或我母親像其實也並不富裕但受較好教育的婦人一樣，知道事情原委後，將她的孩子訓斥一頓，然後跟那個女人道歉？那是好久好久以前的事了。

這於是成為我在面對我孩子時，一個非常嚴格的坎：不止一次，當他們只是在小孩的調皮或嬉鬧狀況，訕笑著那觀景窗外，醜怪的、惹人厭惡或不安的、他們不認為會和自己生命發生連結的「不好看的人」。我會超乎他們習慣的發飆、痛斥，不准他們踩過那條線。那條線是什麼？就是「無意義的羞辱他人」。

／14／公園裡的小狗

不知道自己已被遺棄的等待，
真是最悲傷的事。
牠一定相信那遺棄牠的主人會回來，
那麼精神抖擻的坐在那處等著。

這三個月，每天傍晚，都和妻子在大安森林公園繞著外圈走路。

晚上的公園，有各式各樣的人。有非常專業的跑者；有在一處寬闊地用音響放著拉丁情歌，扭腰擺臀無比嫵媚跳著舞的阿婆們；也有遛各式名種犬的老人；遛小孩的年輕母親；穿著高中制服手牽手的少年少女情侶；兒童遊樂區的溜冰場有教練帶著一群大大小小的孩子練直排輪；還有一、兩個極虔誠的婦人，在一尊頗大的白石觀音像前禱告；也有南洋女孩看護推著輪椅，上頭坐著身形萎縮的老人。說來這晚間的公園，這麼多人在運動著，很像一個人世四季輪迴，青春到老去的全景展示。

有幾天，連續幾天，我們發現一隻非常漂亮的黑雜褐色、尖耳、眼上像畫了兩團黑眉的狗，坐在公共廁所旁的一處灌木叢邊，一臉哀傷、惶然，不理會我們這些經過牠的人類。妻子說：「好可憐啊，應該是和主人走散了，牠等在那兒，應該就是當初走散之處。牠希望在那兒等著，主人會回來找牠。」

但我們無法再收容牠啦。我們家的小公寓，已經收養了三隻米克斯犬，空間的壓力已到飽和。怎麼辦呢？當你沒法收容牠，只能硬下心走開。第二天再經過時，還是看見牠一臉固執的坐那兒等著。妻子說：「這應該是遺棄了吧？如果是走失，主人應該會回來找牠吧？」

我們邊走著公園的紅土跑道，邊討論著，不知道自己已被遺棄的等待，真是最悲傷的事。牠一定相信遺棄牠的主人會回來，那麼精神抖擻的坐在那處等著。

後來幾天下了滂沱大雨，我們拿著傘，踩著一灘灘積水在公園走路。有點擔心那狗。第一圈走到固定區，發現牠不在那位置了。不會是被捕狗隊抓走了吧？走第二圈時，發現牠在另一處的草叢中。「傻瓜，還淋著雨。」妻子說。我們穿過馬路去超商買了熱狗。回到公園後，我拿著熱狗，踩著草叢的水窪，蹲低身子向牠靠近。牠警戒的後退彈走。我把熱狗捏成小塊放地上，慢慢後退離開。妻子說：「吃了，牠吃了。」

第二個雨天，我們傘下眼睛梭巡，看見牠在無人的兒童區沙坑上，用前腳嘩嘩嘩挖了個坑。然後突然看見一隻大白狗跑來占住那個坑，「天啊，原來牠還有同伴。」一旁又一隻比較小的黃狗。我拿熱狗靠近時，另兩隻狗對我較警戒，把熱狗湊近牠，希望牠吃。但牠好像心不在焉，在積水上撒腿跑起來。那些熱狗快被牠的同伴吃了。

我對妻子說：「往好處想，牠有同伴了，不是自己一個孤伶伶在那等牠的主人吧？」

我們每天回家，都會告訴兩個孩子：「今天在公園又遇到那隻漂亮黑狗，我們又跑去超商買一種密封包的肉腸，買了三條，分牠和牠的老大和同伴吃啊。後來經過垃圾筒，爸爸把那些塑膠封袋扔了，不料順便把我買的十注大樂透彩券也丟啦。或許本來這次會中頭獎啊，但算了爸爸也不想再冒雨去公園裡翻垃圾桶啦……。」如此這般，每天都有關於公園那隻狗的情節新進度。

直到前幾天，雨實在太大了，我們有三天沒出去走。等天晴再去公園時，仍然熙攘的運動人群，但怎麼樣也找不到那狗了。也許是終於被捕狗隊抓走了？也許像草原上遷徙的野生動物，一整群離開這公園，往城市的另個地方流浪了？妻說或是被好心人收養了。但回家後，孩子們問起公園那隻小狗呢？我們訕訕的無法回答。

15 吵架

人類曾經僅因「自我的舒適或內心平靜」，
不惜驅趕流浪漢、同性戀、
不同族類或不同信仰的人。
這樣的事，
每天在我們此在的文明發生。

有天晚上，和朋友約了在咖啡屋談事，妻子也恰好出國不在。突然接到大兒子打電話來，說我們公寓對面那個男的，剛剛在我們門口狂罵髒話。電話中兒子的聲音像深海潛艇傳來的聲波，恐懼、憤怒、激動。主要是缺乏社會經驗，面對他人的暴衝，不知如何反應。我在電話中安撫了他幾句，還是陪朋友把預定的事談完，才走回家。

說來對面這鄰居是老問題了，他們是那屋子房東的女兒和女婿。之前屋子租給一家人，我們相處得非常好，但兩年前房東將屋子收回，這女兒女婿搬來，之後就不斷發生衝突了。主要是因為我們家養狗。

這裡我稍微解釋一下：我大約四年前，在臉書看到收容所「搶救將被撲殺小狗」的貼文，一個不忍，認養了四隻小狗。後來一隻分送給哥們，現在家裡有三隻狗。第一，我的狗並不是那種神經質沒事亂叫的狗，有人經過我們門口樓梯，包括我們回家，牠們會吠，但一陣就過去了。我們住四樓，也就是整個公寓，會感受到牠們隔門吠叫的，就是對面這家人。第二，我每日黃昏，會帶狗兒們到我頂樓陽台跑跑，但上下樓時，必是陽台的門和我家的門各有一人防守。

很難詳述，但我應是個不會侵犯他人的人。或者在這個故事裡，我希望教孩子的，正是感情的想像力，如何同情理解他人之痛苦。

但非常挫敗的，是你常要學習別人對你攻擊時，你要如何思考？反省自己有沒有犯錯？或是侵犯他人之行為？那個邊界在哪？你的自我描述和權益的圈要怎麼畫？

這家人搬來之後，這個女婿是個陰鬱的人。或許他非常討厭狗，他們選擇的方式，是不斷打電話去警局投訴。警察來了幾次，按電鈴狗當然吠叫不已，恰好第一次又是我們大人不在，兩孩子非常驚慌於那個情境。後來遇到來查詢的兩警員，我主動到派出所做筆錄，解釋緣由，和我做為公寓養狗人，有做到的謹慎和防護。警員非常溫和，無奈跟我解釋，只要有民眾投訴，他們就必須出勤。我要求在筆錄上備忘，若這鄰居再亂報警，我要告他們騷擾。

他們又打給動管局，說我們「把狗放在公寓樓梯間而無主人陪伴」。來查的公務員也是苦笑道歉，說民眾投訴，他們一定要來。了解狀況後就銷案了。事實上，若要告我的狗吵到他，可以找環保處來做分貝測試。我後來去買了那種隔音海綿，整片貼在內門的裡面。此事我也在臉書寫了，還莫名上了報，他們後來也就沒再來鬧了。

那晚的狀況是這樣：大兒子在家裡，小兒子從外頭回來，在樓下按電鈴。這時對面那女婿恰好拿鎖開門上樓，大兒子以為上來的是他弟弟，在樓上開了門。其實小兒子跟在這人的後面，小狗在大兒子身後吠叫，大兒子拚命道歉，小兒子上來後也拚命道歉。但這人似乎喝了酒，狂罵不已。我的孩子把門關上，他繼續在門外罵三字經。

我在回家的路上，想了幾種可能。我體內的暴力被他們喚起，我想直接按他們電鈴，以我青少年時混過的暴力「腔口」回罵他。他若動手，我也有把握三兩下可以痛揍他。但之後呢？他們看似善訟之人。我非常害怕人生被捲入這種卡夫卡式的法庭種種。後來我去買了一個蛋糕，想第二天登門，為我的狗吠道歉，但同時警告他，不要看我家大人不在，跑來耍狠。

但第二天，我去按電鈴，他們閉門不出。第三天，我再按電鈴，他們還是沒來應門。我想對方也是宅男，也缺乏感性溝通和領會他人感受的機制吧？這樣公寓人和人近距的挨擠而居，他恐怕也是恐懼。

我想像了一輪暴力的情境，和那後面的官司。我上網查了，我可以告他

「公然侮辱罪」，但我孩子沒有錄影；他也可以誣告我的狗有攻擊他的可能，同樣也沒有證據。

我跟孩子們討論此事，覺得我竟然掉進這種細瑣的法律想像，真是可悲。或是我被激出那幻想妄念，把那男人在樓梯間痛揍，這也是一種心靈墮落的陷阱。但這就是我們要成為「社會人」的學習課題。

在我們的故事裡，小狗是那麼可愛的存在，牠們是愛的化身，我們救了牠們的命，這個故事在臉書上分享，感動了許多人。在這個公寓裡，我們和各樓鄰居，那些老伯伯、老奶奶，都善意溫暖相處。我們的狗不會去侵犯到鄰人。但是在這個遭遇裡，鄰居卻將你敵意化，似乎他們是習慣攻擊別人的人。但也可能我們自以為置身其中的善美，在別人眼中是醜怪或威脅？我們在被指控的時候，像搜尋引擎搜索了一遍自己是否真的犯錯？

突然間，你要抽離開來觀看，可能我們自己是錯或惡？但事實上我們並沒有越界，人們可以擴大他們對不喜歡的事物的敵意，然而文明正是在激辯中，找尋那個動態浮標「這是我的權益，但不侵犯你的權益」。人們會習慣無限道德上綱，或好像站在法律的一邊。但歷史上許多的暴行，正是這樣缺乏真正情境建立的爭辯，或對話。人類曾經僅因「自我的舒適或內心平靜」，不惜驅趕流浪漢、同性戀、不同族類或不同信仰的人。這樣的事，每天仍在我們此在的文明發生。

我想讓孩子們試著思考此事，感受此事，它比法律要複雜許多，不只是一齣公寓鄰居的衝突而已。

16 奶奶的家書

每天下午那段時間，母親就戴上老花眼鏡，
像好學生那樣坐在神明桌下寫信。
她像回到少女時代寫情書一樣，
老式的薄信紙，
密密麻麻的藍原子筆跡……

父親過世十二年了。這十二年，恰好是我的兩孩子從幼稚園階段，長到如今一個高二、一個國二的青少年。從前，每週某個晚上，我都會帶他們倆回永和老家「看奶奶」。我父親剛過世那一、兩年，我們很擔心母親得憂鬱症，確實她變得不愛出門，後來動了個大手術，換了人工髖骨和膝蓋，就更不愛出去和她的那些老同事、老朋友，或是從前佛教團體的老姊妹約聚餐。她是雙子座，本來是個愛朋友、愛出去玩耍的人，但父親一走，她好像進入到一個老年的孤寂之河，只愛躲在那庭院裡都是父親手植之桂花、木蓮、白梅、杜鵑、桂圓樹……樹蔭覆遮的老房子。

所以，每週我帶兩個小孩回永和，就是我娘最開心的時光。她會超有勁的從下午就在廚房忙活著，炒各種菜、煮煨麵（因為小孫子愛吃奶奶的煨麵），還變花樣做漢堡（討好她想像的新時代小鬼的胃口），切水果切盤。兩個小孩兒糯糯軟軟的喊：「奶奶！」我感覺老人的心都融化了。

這樣十多年過去了，小孩兒經過小學生的階段，到了國中。大兒子國三那年準備會考，晚上要留校晚自習，就剩小兒子每週跟我回永和。母親難免失落、想念，但還是弄了一桌熱鬧的菜，還會另準備一份要我帶回去給妻子和大兒子。

那些時光，小兒子會自己一個人坐在客廳看動物頻道。我和我哥、我姊陪著我娘，在裡面的神明廳，圍著小餐桌聊天。非常怪，我們都五十歲了，但好像還像小時候，我父親是個嚴肅的人，他不在場的時候，我們兄妹就拚命耍寶說屁話，母親這時會加入「小孩組」，跟我們調皮在一塊。

父親離世，我們這些老孩子好像在他不在的老房子裡，還是沒長大的嘻嘻哈哈說一些屁話。我們會回憶小時候幹的調皮搗蛋事，我娘也真可憐，總是瞞著我爸，自己到學校被老師約談，還拚命為孩子幹的壞事，跟老師陪罪。我娘有時會回憶一些她和我父親年輕時的往事，講起他們當年吃的苦，我父親對朋友忠肝義膽做的一些事……，有時講著眼眶就紅了。然後我將在客廳睡著的小兒子叫醒，帶他回家，好像這時間之屋裡團旋的昔日夢境，和他這小孩並沒關係。

後來大兒子上了高中，功課更忙了，回永和「看奶奶」變成過年過節才難得那麼幾次。老人在現代時光流河中，似乎更有一種理解春華秋凋冬藏的無情和無奈。兒孫自有兒孫福，他們有他們要一頭鑽進，湍急激流，與之搏鬥的未來之河。小孫子在腳邊跑的時光，好像也就那麼幾年，大了，就有他們自己的人生了。

有一天，母親拿了一疊信給我，要我交給大兒子。「你跟他說，那是奶奶寫給他的家書。」我交給大兒子，他的眼睛也像小動物亮閃閃的好奇。於是，這個「奶奶寫給大孫子的家書」就每週一封開始了。母親像回到少女時代寫情書一樣，老式的薄信紙，密密麻麻的藍原子筆跡，好幾張。我

姊說，我娘每天下午那段時間，就戴上老花眼鏡，像好學生那樣坐在神明桌下寫信。（當然我偷看了幾次內容）

「阿白，奶奶今天想起少女時期的一件往事。我們全班搭遊覽車走蘇花公路，我們前面的一輛大卡車，就在我們面前摔落下去，那下面是萬丈懸崖啊，是太平洋耶。我們全部看到了那一幕，這六十年過去了，還像在眼前一樣……。」

「阿白，奶奶年輕的時候，個性跟你一樣，很害羞、膽子小、怕出醜，所以考試不敢考壞，這其實很受苦。那時阿祖家窮，晚上沒用煤油燈，我就跑去旁邊的孔廟，他們的燈點到九點半才關門，奶奶就在那廟的台階念書……。」

「阿白，奶奶小學時，曾經全校第一名。那一年的台北市長做了一個很有趣的事，他讓全台北市小學第一名的人，可以去搭飛機。那是民國四十幾年的事喔，不要講小孩，連大人說坐過飛機的都很少啊。我們是在松山機場搭飛機，其實飛機升空也就是繞一圈台北，就降落了……。」

好像在寫信，其實是像飛行過那麼遠、那麼遠的老雁，啄理羽毛，召喚那懷念的，其實最終是孤獨的，一生的航程。

Part 3

被終結的男孩時光

17 大男孩

我們活著的這時代，
像是周圍流幻繁華的遊樂場，
永遠有好玩的新玩意兒冒出來。
孩子們的出現，終結了父親的男孩時光……

大學時期的老哥們，在臉書群組說起抓寶可夢，其中一個當年我們班上詩寫得最好，後來卻進入電子大廠工作，目前還是孤家寡人的F君，說他已二十五級了。

「那時在北投擠在人群裡，幾百個人啊！有人喊快龍，然後我被人潮擠著走，感覺我好像是在什麼太平天國、義和團的隊伍裡。直到走不動後，人群塞住，大家舉著手機要找快龍……我後方一個大乳輕熟女不斷用豐滿的乳房擠壓我的手臂，我都不好意思的回頭看著她，怕她以為我吃她豆腐侵犯了她。但她好像不當一回事微笑望著我說：『快龍沒出現呀。』後來根本沒有快龍，只有一隻迷你龍。還有次到河濱公園，一個老媽媽開休旅車，嘎的衝過來停在我身邊，兩個應該有三十歲的女兒推門出來，拚命往河邊跑。還有戴安全帽的情侶，跑跑跑，然後那個女朋友吧，氣喘喘的罵男朋友：『都你啦，那麼慢，害我沒抓到！』」

哥們在群組熱鬧討論起來，問我：「你呢？」

我說我沒玩，但我家老婆和小孩都有在抓。他們覺得不可置信：「怎麼可能？你沒玩？」

想當初我們在陽明山時，我和哥們一道混文大旁邊的電玩店，那時的快打旋風、雷電、連線賽車、棒球、足球的電動機台，我可是無役不與。後來的電腦、網路、電玩遊戲，我還住山上時，也會跟著他們打。我自己沒電腦，偷用當時女友（現在的老婆）寫碩論的電腦打，或跑去哥們的宿舍打。

當然之後大家先後離開山上，成家的、就業的，就散了。但我感覺我這幾個哥們，總會追著時代流行的什麼好玩浪潮：世界盃足球時，他們迷世界盃；有段時間，他們也到網咖和年輕人打魔獸。十年前，他們超激情討論變形金剛，前兩年又在說「瘋狂麥斯」。這幾年，其中某位哥們會煞有其事品起紅酒（但不是那種昂貴頂級的，是 COSTCO 買整箱，口感順又極划算的），也有品酌威士忌的。

這位Ｆ君某段時間去網路買了輛二手改裝ＢＭＷ，跑去加入人家夜間尬車的車隊；後來興頭降了，又跑去參加那種全副專業配備的登山。在我還在用按鍵式手機時，偶爾的聚會上，我聽他們討論的都是 iPhone 3、4、5、6 及中間的 PLUS……。

我感覺我們活著的這時代，像是周圍流幻繁華的遊樂場，永遠有好玩的新玩意兒冒出來。他們不斷被新玩意迷住，投入，不斷把舊的玩意兒拋向身後，伸手抓住新玩具，像大航海時代的冒險家，永遠對陌生之境充滿好奇。我似乎成了時代遊樂園隊伍的落隊者，聚會時聽他們又在說啥世界發生的新奇玩意，我都一臉丈二金剛，哥們總會罵我：「你這個原始人。」

為什麼呢？因為養了兩個孩子啊！某些部分，孩子們的出現，就是終結了父親的男孩時光啊。經濟的壓迫當然是主要原因，重點在時間，你必須耗去相當大量的時間，在他們身旁扮演守護者。那像是一種排氣管內空氣被壓縮的極窄的時光，你從體內生物性設計告訴你要去覓食，不能玩樂。這是擁有無限種可能的玩樂時光的取消、交出。

但我的哥們不知道，這十多年來，我好像跟著孩子不同階段，跟著他們看巧虎、皮卡丘、Keroro軍曹、哆啦A夢。不同時期進電影院，從「獅子王」、「怪獸電力公司」、「海底總動員」、「馬達加斯加」、柯南，也經歷過文具店裡的恐龍卡機和百獸王卡蒐集的時光。曾幾何時，他們也進入「哈利波特」和「魔戒」的全球浪潮，之後他們也看「X戰警」、「復仇者聯盟」、「少年Pi的奇幻漂流」和「一代宗師」。

他們從小男孩長成少年，然後是青少年。慢慢他們討論起「屍速列車」，也抓起寶可夢。好像火車的某一站到下一站，他們完成某種神祕的超車，變成可以和我的那些哥們對話的，大男孩俱樂部的新會員。他們超過我，比我更知道新的世界，知道如何伸出手，去撈抓未來的有趣發明。

18 小玩伴

我有時內心偷想：
這些玩在一起的男孩女孩，
其中會否有一對發生情愫呢？
有一天我們這當年的老同學，會變親家嗎？

有一天，我帶孩子們去哥們家聚會。所謂「哥們」，是我們三個爸爸，都是成功高中時的老同學。

我就別說了，高中是個天天到教官室報到的壞學生，最後畢業證書也沒拿到，後來卻走了寫小說這條路。老興是我最好的哥們，當時他是我們班力氣最大的傢伙，我們比腕力，其他四、五個人一起壓他的手肘，還是壓不下去。他大學念淡江，談了一場慘烈的戀愛，後來成大材料工程研究所畢業，曾去大陸東莞一家耐吉球鞋代工廠當副廠長，後來不能忍受台商家族間烏煙瘴氣的鬥爭，放下二十萬月薪，回台灣工作，但一直不順利。丘仔高中時是好學生，清大化工畢業後念台大商管，現在是兩岸EMBA的高端學者。

三個家庭，約十七、八年前，小孩還在地板爬行的時候，有一年在丘仔家聚會（他家客廳空間大）。其實就是讓那些小孩們玩在一塊，我們這些帶孩子疲憊不堪的大人，可以賴癱在沙發聊天。後來小孩多達八個，像一堆小狗般，趴在地板玩樂高積木。之後丘仔家裝了大螢幕的Wii，幾個大孩子搶遙控器，玩神奇寶貝乃至火影忍者的對打擂台。然後一眨眼幾個大的上了國中，男女生分眾，男生玩手機game，女生畫娃娃；但又會一起玩撲克牌，吹牛拱豬或接龍。

這樣十幾、二十年過去了，三個家庭各自在這社會湍激衝擊中生存著。這兩年，我和老興的頭都禿得厲害，各自也生了幾場大病。丘仔看上去還是年輕，成天往北京、上海跑。除了這樣的「孩子們的客廳聚會」，我們平日不會有機會約出來喝個咖啡啊、喝個小酒啊。幾個較大的孩子，陸續上了高中、大學。如果以社會世俗來看，好像有較好的學校、較差的學校，但孩子們湊在一起時完全沒任何不自在的感覺，還保持著孩童時快樂玩伴的交情。他們還會玩集體遊戲「狼殺人」（又叫「天黑請閉眼」）。

這次聚會，丘仔興奮的說家裡買了套卡拉OK，直接連上電腦YouTube就有唱不完的歌！我們三個老爸爸，先抓了當年的廣東歌〈萬水千山縱橫〉、〈小李飛刀〉，唱得意興湍飛，不知老矣。孩子們看畫面上當年的趙雅姿、汪明荃、陳玉蓮，那奇怪的臉妝，以及高手過招簡陋的場景特效，都哈哈大笑。我和老興哀歎說，沒想到有一天，我們在孩子的眼中，就像我們年輕時看老爸自嗨的唱國劇或余天的歌，看上去那麼老朽。其實我們現在知道，那可是我們的青春夢啊！

我有時內心偷想：這些玩在一起的男孩女孩，其中會否有一對發生情愫呢？有一天我們這當年的老同學，會變親家嗎？說來這樣的「青梅竹馬」像是在實驗室裡，從小雞慢慢養成大雞，那樣安全、童話、良善的擺置。

韋勒貝克的小說《無愛繁殖》（原書名應翻作《粒子》）寫一對兄弟，他們的人生，無論性格的差異、運氣、遇到的愛情、社會位置的升降，他們終還是那個八〇年代，整個現代語境的構成。冷戰、性解放、電視、汽車、當時的流行音樂……種種。很奇妙。

無論我們出門前，是同在一屋簷下的一家人，但一進入那個「遊樂園」，他們便開心的玩在一起。輪到他們拿麥克風時，明明還是尚未經驗愛情，臉上還帶著和幾年前差異不大的稚氣，但也唱著梁靜茹的〈可惜不是你〉、五月天的歌。唱的人神情淒迷，其他孩子則肩頭像波浪，跟著搖擺著。我從不曾在家聽兩男孩唱歌啊。

19 山裡的小鐵道

我的父母從不知道，
他們的孩子，
曾那樣把自己放在一個可能差點就喪命的危險情境。
如果今天，我的孩子做出那同樣冒險的事，
我一定會阻止、斥喝吧？

我十七、八歲時，有段時光，每個週日會自己搭車到平溪，然後走那原先是煤礦的山間小火車道。走過十分，穿過兩、三個隧道，到達猴硐站。再從猴硐站搭東部幹線的火車，回到台北。

那段鐵軌小徑藏在山裡，整片青翠之色，我記得整個人的感官無限放大，無論腳下踩的邊緣朽爛的枕木，壓軌的鵝卵石，或軌道邊的鐵鏽與上面那層長年被火車輪磨輾而發亮的軌面，以及突竄長出、帶著一串小紫鈴花的柔綠小草，飛過的鷺鷥……，這一切都對那個年紀的我，像是播放一部只屬於我的電影。

幾年後進了電影院，看了侯孝賢導演的「戀戀風塵」，片首就是那穿過這一段山洞的小火車，一片綠光盈滿，我在電影院只看了這開頭，眼淚立刻流下。

為什麼會在那段時光，自己一個，像每週的祕密儀式，大老遠跑去走那段山中鐵軌路呢？其中會走過一個隧道，說來算長，幾次走進去，愈走進深處，一片漆黑，只聽見山洞壁沿水珠從植物根鬚滴落聲，要走到某個弧彎，看見遠遠的出口那端，圓圓的一個光洞。

每次走著，就想，若此時火車駛來，會否就被撞死在這隧道裡？果然有一次，才進隧道，後面便有火車鳴笛。我當下反應立刻往回跑，就在跑出隧道口時，迎面那火車轟轟衝來，我往旁一摔，摔倒在鐵軌墩旁的凹坑。火車駛過的風壓貼著臉頰，可以近距離看見穿制服戴帽子的列車長，詫異的轉頭瞪著我。說是小火車，那麼近距感受，比想像中要大、要快啊！這樣推算，之前的任何一次，若是在隧道中，沒有這樣幸運跑出來，隧道壁和火車的間隙，應該無法讓一個行人活命。

年輕時的許多次大難不死，其實要過了中年，甚至初老，自己的孩子恰到當年那個自己的年紀了，才驚歎，當年真是老天保佑啊！

那時，每次走到那段山中鐵道的盡頭，鐵道像一條小河匯進一片網狀河洲。那是猴硐站，連結上北迴鐵路主幹道的大站。這裡以前應該是這帶礦區的集散地，我會經過一群戴膠盔在施工的工人，有時會有一隻流浪狗充滿戒心，遠遠跟著我。

之後我搭上回台北的對號快列車，那時好像還不盡興，會在車廂和車廂連結處的車門站著。那年代還沒電動門閥，我會把自己身子吊出車門，享受火車高速行駛，像鳥一樣在衝激氣流中飄盪的快感。

我的父母從不知道，他們的孩子，曾那樣把自己放在一個可能差點就喪命的危險情境。事實上，如果今天，我的孩子做出那同樣冒險的事，我一定會阻止、斥喝吧？但其實我們對孩子做的，保護他，讓他免於在翅翼還沒長完全之前，跌落生命的列車之外；我們擔心孩子被這個社會拒絕，我們承受不起那無法預測的暴動，那個脆弱，其實是當父母的脆弱。

我們偶爾想起自己年輕時，「啊，那時真是太瘋了。」其實有些神祕的時刻，你是要站在一個「世界之外」的位置，看清楚，讓自己的心澄淨下來。

⁄ 20 ⁄ 抓住一個夢

那麼多年以前，大人圍著他們抓週，
你抓住了某個象徵物，
其實不是功名成就，
而是為之承受那些辛苦、挫敗的開始。

我記得小孩滿週歲時，岳父岳母堅持要讓他們「抓週」。這應是個古老的習俗，通常小孩在這個階段，就是在滿地亂爬，一直到慢慢搖搖晃晃的站起行走。依照古禮，是在孩子的身邊，擺放著書、筆、墨硯、劍、琴、或印章、算盤……等，現代可能就是加放筆電啊、信用卡啊、攝影機啊……。總之就是用成人世界的社會化職業想像，期盼那孩子能抓到個預示他未來「受人敬重」的某種身分。

我記得大兒子當時爬啊爬啊，像時針指向周圍之圓的其中一刻度，我們都屏氣噤聲，看著他抓住一個印章。我岳父大聲叫好：「好啊，拿到印章，將來當官啊。」我說：「不會是當郵差或黑貓快遞吧？」當然立刻被訓斥。後來小兒子是抓到一台我舅兄放的攝影機，我岳父說：「好哇，將來當李安那樣的大導演啊。」我說：「也有可能是當狗仔啊！」又被臭罵一頓。

實則我感覺「抓週」這樣的習俗，應該是大人對那滿地爬的小嬰孩，自己做的關於他一輩子的美夢，也許還有一些我們這個文明功利而沒想到的象徵物品吧？譬如球鞋（也許將來去打NBA？）、麥克風（也許變周杰倫？）、面具（也許成為偉大演員？）、一支沖天炮（也許變太空人？）、一個小金魚缸（也許變海洋生物學家？）、針筒（也許當醫生？）、一隻小烏龜（也許開間動物醫院）……。好像我們這個國度或文明，對於小孩未來的祝福，那想像力也太貧乏了。

年節裡一家人去看了「樂來越愛你」，這部電影好像好評如潮，奧斯卡的奪獎氣勢極高，我一些朋友看過後也都頗給好評。但我看完後，覺得沒那麼好，好像最後劇本散掉了。但它可能是某些時光印痕，很能喚起美國人的懷舊情感吧？

電影裡的男主角是個落魄的鋼琴天才，在餐館裡彈一些芭樂情調曲以餬口，但他是個爵士樂的狂愛者，他的夢想是將來開一間真正高手演奏爵士樂的酒吧。女主角則是在好萊塢周邊租間廉價出租公寓住，參加各種試鏡、有演員夢的姑娘（有點像大陸那些夢想能拍電影，或成為歌手的北漂辛酸史）。當然這是兩個屌絲，追求他們的夢，他們灰撲撲的受盡挫折屈辱，苦中作樂，也互相支持著對方。

這在我這樣的年紀看來自然百感交集。我年輕時想要寫小說，我父親極力反對，事實上以我後來一路吃過的辛苦，我能深深體會父親是對的。我在這個領域，看過多少天才，只因運氣，就像動物頻道那爬向大海的小海龜，中途或被海鷗獵食、被螃蟹捕殺，穿過沙灘間的公路被車輛輾碎，最後能爬進大海的，千中一二。

我遇過一些才華過人的年輕創作者，兩眼帶著逐夢的光，但現實裡，環境給予的就是貧困和屈辱。電影裡那還是在好萊塢呢，真實的我們在台北。想拍電影、想寫小說、想成為偉大的音樂人，或成為讓人尊敬的喜劇演員，全球地圖攤開的殘酷現實中，夢被滅絕的比例高得多了。

我和孩子們走出電影院，我想，他們一個十七歲，一個十五歲了。那麼多年以前，大人圍著他們抓週，我不知道他們有沒有某種願意為之焚燒一生的夢想，像電影裡那個男孩和女孩。你抓住了某個象徵物，其實不是功名成就，而是為之承受那些辛苦、挫敗的開始。

21 河流

我想像人的一生，
像在河流裡翻泳，
湍石激流、泥沙俱沖、百感交集，
怎麼可能把某段河岸的下水點，
想像成這整趟流河的命運和風景呢？

這個暑假，兩個兒子都經歷過苦悶的考試，分別由高中到大學，國中到高中。其實這是每個父母都會經歷的階段，有點像蟬在蛻蛹，由孩子轉變型態「登大人」的其中一格時鐘刻度。

其實人的一生，更多階段的劇烈變換、內在撕裂，像哪吒的內在骨骼全崩裂，再換變成另一副結構的狀況，比升學考更大、更戲劇性得多：一場瘋魔的戀愛、被相信之人背叛、摯愛之人的死去，或是被騙而財產成空、顛沛離難之苦。

比起來，升學考這種生命初期階段的「標籤擺放」，在我心中，實在是最不足為道。但我身邊，不斷聽到哪家、哪個朋友、小孩的哪個好友，考到哪個大學、哪個高中。像年節裡放鞭炮，大家打麻將，揭牌看誰好運誰衰運，這樣的熱鬧、躁動，或哀傷。

我自己的經驗，考高中時落榜、重考，考大學時落榜、重考，後來考上的也是當時聯考榜單最末尾的學校和科系。我記憶裡這種放榜時刻，家中都是低氣壓。父親沉重的臉，但我自己吊兒郎當與世界的疏離。說來我是屬於，社會用大篩斗第一次篩豆子時，被篩出的劣豆啊。

記得第一次大學聯考放榜，我的兩個哥兒們也落榜了。我們一起去附近的校園球場打球，夏蟬喧天，我這兩個哥兒們竟各自哭起來。當時我非常詫異，事實上我是以遠遠的差距落榜，可能全部的人都知道我不可能考上。但這兩哥兒們的功課算中等，我那時才意識到落榜應該有的真實創痛，為什麼之前我像隔著厚玻璃，沒有任何真實感呢？

我很怕我這樣像是說風涼話或老生常談，但我確實從日後的人生體會，這世間有太多事不公平了：美貌、家世、運氣，或瞬間抓住運氣的天賦，這些差距，在後來的這個科層化世界中，好像愈難改變那個一開始的不公平。問題是，時間是一把殺豬刀，它是最不留情的磨砂紙。我大學時代班上的一些美人兒，現今在臉書看到照片，怎麼樣也就是大嬸了。

現代人的一生，很大時候是在一個比古人龐大千萬倍的訊息海洋，每個現代人的生命都是少年Pi的旅程。事實上，我認識的一些朋友，在他們專業的領域之外，會在後來的時光，學習完全不同領域的知識。把一個這麼長的人生，全押注在最懵懂、無法做經驗比對的十五六歲、十八九歲時的表現，不是很魯莽的一件事嗎？

我記得國中暗戀的一個女孩，當時我是班上成績墊底的廢物，考試時她會把考卷借我偷抄。她的數學非常好，似乎是天賦的對數學充滿靈感。後來她考上中山女高，但是在大學聯考時，突然發作恐慌症，只考上了東吳數學系夜間部。後來她去當了空姊，最後嫁給一個有錢人。幾年前我的孩子和她的孩子同一所小學，我在接小孩放學時，看見她在當導護媽媽管制交通。我很想問她：你對數學的熱愛還留存嗎？

我的牙醫，他的診所四壁全是一櫃櫃的佛教哲學書籍。他的專業是每天對著病人張開的嘴洞，用電鑽用尖錐挖鑿那些壞蛀的牙。但我偶去找他時，他充滿感情的跟我說著天台和華嚴，如來藏和惟識宗。他可以說得像漫天星辰，萬物演化。我另一個國中最要好的哥們，在台積電當工程師當了二十年，前幾年把工作辭了，花三年寫了一部三百萬字的武俠小說。我讀了，認為是我近年來讀過最好的一部武俠。

我大學一位念文藝組、小說寫得極棒的哥們，原本在報社當副刊編輯，可能也就是台北這些文學家的生命方式。三十多歲時，他父母先後病逝，他受到很大的衝擊，回到高雄，守著父母留的空屋，跟一位老師學易經和紫微斗數，自己也畫一些魔幻古怪的畫，好像對世間浮名看得極淡泊。

有許多困惑、追尋、學習，是要窮其一生探索，不可能在短短大學四年就摸索到那雕塑自己生命的刀法。這是我內心真實對所謂大學考試、分發到哪個學校，覺得不那麼重要，因為我想像人的一生，像在河流裡翻泳，湍石激流、泥沙俱沖、百感交集，怎麼可能把某段河岸的下水點，想像成這整趟流河的命運和風景呢？

22 父親的祕密愛好

孩子們時不時收到快遞送來
我在網站購來的各種印石。
他們非常生氣，
覺得爸爸「瘋了」，
整天上網亂花錢買一些破石頭。

最近迷上石頭，嚴格說應是印石，像線索的藤蔓摸瓜，在網路閱讀關於壽山石和青田石的知識。那當然是一個品類繁複、有悠久文人傳統的品鑑審美宇宙。

我讀清代高兆的〈觀石錄〉，這樣描寫他朋友收藏的壽山石：「清秋雲日俱靜，空山天色者一；一橫二寸、高半寸，望之如郊原春色，桃李蔥蘢；一如出青之藍，蔚蔚有光；一黃如蒸栗，伏頂有丹砂，茜然沁骨；徑半寸方者一，如硯池點積黑痡，明潤欲吐；一枚長寸有五、廣八分，兩峰積雪，樹色冥蒙，飛鷺明滅，神品。一如凍雨欲垂者，方寸；夏日蒸雲、夕陽拖水各一；如墨雲鱗鱗起者一；一半寸薄方，有北苑小山，皴染蒼然；冰華見青蓮色者一，逸品。一長方如美人肌肉；方寸中含落花落霞者二；一二寸方者，通體如黃雲中曈曈日影；葡萄、太玄、犀花、艾葉綠、鹿文、苔點各一，俱妙品；白如玉者二；甘黃玉者三。」真是美不可言，讓人痴迷著魔。

上YAHOO奇摩和大陸的淘寶網搜尋，一格一格不同石頭的照片，發現如〈觀石錄〉所描述的，有一定歷史的文人追捧之石種，都是天價。不說那已是國際拍賣場上出現千萬級拍價的田黃、昌化雞血，或是青田石裡傳說中的極品燈光凍、封門青，都是天價；就連好像沒那麼頂端的荔枝凍，一支大印動輒也是百萬元之譜。芙蓉凍、高山凍、善伯凍、雞母窩礦，顏色豔麗材質晶瑩的，一塊也是幾十萬。連前幾年從寮國神祕挖出，和壽山頂級石難辨真假，一時在市場炒高的老撾石，也都不便宜。

這段時間，晚上我和妻子到公園走路時，會繞去和平東路師大對面的幾家筆墨莊、印石店，發現擺放的全是老撾石。老闆都會感傷的說，現在台北難再見到一塊田黃了，基本上也找不到那種高品質的雞血石了，大約幾年前，就被有錢起來的大陸人掃光了。

說來台北曾經是壽山石文化的一個繁華之城，即便現在夢幻石材被炒高成天價，這些筆墨莊裡還是會有些做為篆刻練習章的，顏色較鈍的普通青田石，一百元左右就可上手。

因為迷章石，自然也上網看了些吳昌碩、齊白石、西泠印社，乃至陳巨來的身世和故事。也知道台灣其實在民國三十八年後，文人篆刻的高度與流行，非常驚人，名家輩出，包括陶壽伯、莊嚴、陳宏授、臺靜農、王壯為。可以說上世紀七、八〇年代，台北是這明、清文人篆印的盛世。

當然篆刻要有書法功底，沒有數十年功，不可能篆石。我已年過五十，深感不可能從頭摸索。這陣子，孩子們時不時收到快遞送來我在網站購來的各種印石，當然頂多是千把塊錢的便宜貨。他們非常生氣，覺得爸爸「瘋了」，整天上網亂花錢買一些破石頭。我則有點感傷，覺得他們不可能了解為父的為何會「遲來的發作」，一頭栽進那個斑斕幻彩，近百多年文人在恐懼、憂鬱、原本的文化結構崩解之迷惘，用金屬刀把一些古老的篆文，幾個似乎淡遠明志的字，刻在那小小石頭的方寸之間。

前兩天回永和老家，母親知道我在瘋印石，拿出父親生前當寶貝珍藏的各種藏書印，有點像在那老屋裡，我們自家人的一次印石展。我發現父親的章料，多為昌化石、青田石、壽山石的練習章，並不是如今我上網找的那些美如夢幻、價格高昂的「凍」。他的章石都頗大，頂上或有雕上獅子，章面雖各有石材的斑斕花紋，但都是石料感。

父親當時自己買這些章，外頭的錦盒都爛了，但他都有記下哪一年在哪個市場地攤買的。可能父親沒有結識真正的壽山石玩家，全是自己小孩氣的，附庸書上看來的古人風雅。有些印刻了他的號「觚園」或「石泉」。他的藏書極多，扉頁都蓋上藏書印。

後來母親又從父親的老五斗櫃，找出一整副篆刻刀，大小斜刃平刃有十幾柄。母親本來要我帶走這副刀，但我看刃沿刃口全是鏽，便罷了。有一、兩枚印，歪歪斜斜，笨拙刻著父親自號「稼軒」。這應是他當時真的想好好練習這篆刻，但後來我們陸續出生，食指浩繁，他為了養家，忙於到處兼課，便放棄了這祕密的愛好。

23 模型

你像個一生只完成這麼兩件作品的大藝術家，
但做工只能到這階段，
之後必得放手……

我想小孩在十六、七歲之交的父母，會有一種「小孩像小鳥長好翅膀，要飛了」的感受。有時我跟兩個孩子鬥嘴，還會順口說出：「你們翅膀硬了是不？」這樣的老話。說來古人一些話真是像家具上的陰刻，時候到了，你真難以言喻的啊，就是那感覺。

想想我在他們這年紀，比他們壞多了。整天往外跑，跟哥們混小撞球店、抽菸、蹺課、打架，什麼都來。我父親是個傳統嚴厲的讀書人，但他好像除了我被學校記過時震怒，其實也不太管我跑出去哪野。

我自己到了這年紀，有時突然會有種失落和想念，問妻：「孩子去哪了？學校晚自習了，或跟同學出去了？」很怪。回想我那年紀時，父親會在家中沒見到孩子而思念我嗎？好像不會，他好像忙於自己的工作或應酬。反而是他晚年比較戀孩子。

這真是個奇妙的階段。你像個吹玻璃的工人，捏陶的藝匠，那麼小心翼翼的把他們從那麼個小人兒，輕輕吹成形。那麼無人知曉的捏塑、剔花、上釉，每件只有一次機會，慢慢的變成個半成器不成器的個體。然後他裡頭有自己撲撲跳動的靈魂，在某些事件上你想說說你的人生經驗，他們不再像幾年前兩眼睜大聽你說故事，而是常露出不耐煩的神色。

你像個一生只完成這麼兩件作品的大藝術家，但做工只能到這階段，之後必得放手，那個隱密的被迫退休，你之前所有的虛空中雕塑，像不存在一樣。真的像「一代宗師」中說將黃雀握於掌中，感受其撲纖翅翼的急躁，然後放開手，那種悵然若失。但一轉頭其實孩子還在身邊，只有這階段的父母能領會的幻肢感。

我發現我最常說的話是：「這要在我像你們那麼大，哪敢這樣跟你爺爺說話，早揍死了。」其實啊，是感慨我們這個文化，已溪流沖激，離開儒家那套「老子說了算」。但在這河床的我這代父親，還是有種對世事想和孩子們講解分析其結構、其奧妙的「教練癮頭」吧。

我記得他們很小的時候，我們還住在深坑。有一次一個導演朋友，打電話告訴我他一個朋友是標本師，那時林旺剛死，動物園委託他幫林旺剝製標本。那會有兩個大象標本：一個是將牠的骨骼處理過後，組成一骨架標本；一個是剝下整張象皮，同樣做過處理，然後做一個固體的和林旺一模一樣的模型，最後將象皮套在那外面，那就是一個栩栩如生的大象標本。

我的朋友興奮的邀我去看。他們是在河對岸一處臨時搭的鐵皮工寮裡工作。我帶著兩小孩去，在那大工寮裡，滿是木屑和膠漆的氣味，牆上貼著一張張3D的林旺不同剖面的結構圖。他們用許多大小不等的木箱，堆疊成一大象的形態，說最後要灌入一種壓克力膠。整個過程非常艱難，不能出一點點微小尺寸的差錯。

我記得兩小孩站在我身旁，小手緊緊攢著我的手，兩眼睜大看著庫房中藐然矗立的、虛幻而無中生有的、我告訴他們大象皮還沒披上去的那個結構體錯疊的「他們在造那隻大象的身體」。我記得這麼說時，他們小小的臉，充滿相信和敬畏的神情。

Part 4

一直帶著他們看這樣的美景

24 父之暴力

曾在某個奇怪的換日線，
我從一個「我父親那樣憂愁、正直的父親」，
變成了一個「兒子的大玩偶」。

我的岳父是個脾氣暴躁的大男人。記得妻子曾告訴過我，她小時候有一天起床氣，鬧彆扭不願去幼稚園，大人好勸歹勸，她就是哭著不出門，而她爸媽急著要出門去做生意。我岳父一個暴怒，拎起這小女孩，把她關進當年客廳都有的玻璃酒櫥，鎖在裡面，就這樣過了一天。

我妻子回憶這段小孩時期的經歷，還是頗受傷。但時光淘洗，它慢慢又有種荒謬、滑稽的氣味。跟孩子們說這故事時，變成小女孩的她和玻璃箱裡的華服日本娃娃、發條小熊、關公、彌勒佛、大同寶寶，還有一些看起來非常昂貴的、漂亮瓶子裡的酒，關在一起的一天，有點像愛麗絲夢遊記的味道。孩子無限欣羨。

其實我父親也是對小孩非常嚴厲的人。小時候，只是因為說謊，就被他用抓癢扒子或一柄木刀死揍，常揍到母親撲上來護著說：「要打就打死我好了。」一非常戲劇性的場面。當然，小時候的我和我哥實在太皮了，也有跟著父母去應酬聚宴，和別家的小孩玩太瘋了，或把人家餐盤打翻摔破，或撞倒整個餐桌，連經理都出來了。我爸會要我和我哥，當眾就跪在那牆角。

但好像那個年代的父親，都是這麼嚴厲、暴怒。可能在外求生存已耗盡他們全部心力，回到家面對小孩，通常沒什麼耐性。我跟同輩哥們湊在一起，聊到童年、父親，沒有一個不是棍棒加身。有的以現在的社會氛圍，真的是可以打113反家暴投訴。但我們長到這個年紀，好像也並不會去恨父母。而我們確實是他們從那艱困的年代風風火火拉拔、栽培長大的。

我一個好哥們更誇張，他小時候，父親很奇怪的相信「斯巴達教育」。沒事就要他們兄弟勞動，或有疏誤，就是一頓拳腳，一路打到他上國中，學了跆拳道。有一次他爸又是手腳交擊，他突然用拳術的動作，做出防禦並準備回擊的架勢。他父親呆住了，那之後才不再亂揍他。

他說那身體對暴力和疼痛的記憶，到很多年後，還像幽靈深藏在最裡面。他說不出的無法與人有長期的親密關係，變成一個只能獨居的人。曾經和一女友同眠，半夜像起乩似的把女孩推落床下。這在現代無法想像，但他父親在那年代，是外省人，卻又有好友捲入白色恐怖匪諜案，也許生物想像自己隨時將會滅絕的本能，是想讓孩子快速獨立、強大，像墜毀的戰鬥機可以將飛行員彈射出去。

這種心情，我在剛當父親最初始那幾年，也曾經貼近其「我如此弱小，而世界如此殘酷、空曠，我要如何讓這孩子長大後，成為不被人欺侮霸凌的強者」的心境。

我父親曾說：「我奶奶說的，『狼到哪裡都吃人肉，狗到哪裡都吃屎』。」我父親那輩的「父之祝福」，其實是哀感恐懼於他們一路那麼艱難經歷的亂世，變成了一種「愛的不可表達」，甚至像對鏡子裡的比較小的那個自己揮拳。因為在他們成長的經驗裡，那些被寵溺的孩子，最後總是廢材。

我小兒子出生不到一個月，我父親便中風倒下，三年後過世。當時我像對未來一片茫然，完全不知如何能保護著妻兒，走過眼前如「公路電影」般的那整片荒原。

偏偏我小兒子兩、三歲時，特別精靈古怪，常仗著外公、外婆寵他，而我不敢在他們面前發飆，鑽這種家族人際關係的漏洞；或常不在乎別人，吃飯總是邊玩邊心不在焉地吃，弄到整碗飯打翻地下，湯菜狼藉。若是在外面餐館，我總是非常憤怒，看著那些阿姨說「沒關係、沒關係」，彎伏在地幫他清理。我很恐懼他變成一個自私而軟弱的人，那時總會把他拉出店外K一頓。這件事甚至造成那幾年，妻子和我的重大衝突，「你不知道你暴怒起來的樣子，像要殺人，但其實他犯的錯，並沒到那樣像犯了什麼該死的重罪。」

很怪，大約從孩子們上小學後，我就不曾再為他們的「犯錯」而動手了。後來我好像和他們成了好朋友、好麻吉。好像曾在某個奇怪的換日線，我從一個「我父親那樣憂愁、正直的父親」，變成了一個「兒子的大玩偶」。有時小兒子還會故意拿「他記得」小時候被我痛扁的回憶，裝出受創的模樣來勒索我，騙一些福利。

這是怎麼回事呢？可能是我這代的人當了父親，社會用更多維的方式，讓父親和孩子間的情感契約，攤在一個更大的參數、漂流的情境中，我這代的父親們因而被迫早熟，理解了我父親那輩人要到老之孤寂才體會到的「每個人是他自己的獨立個體」。（且看爺爺和阿公通常超慈祥隨和的不是？）

你理解到你的生命史，無法像硬碟整個灌到另一個小人兒的身體裡，他們有他們時代的隨身碟。父躲開了「父之暴力」，其實是整個文明的演化。生存還是很艱難，你還是想告訴孩子，要強大且對他人仁慈。你還是害怕他犯什麼惡，成為什麼無意義傷害他人的人。但新的父親角色，如此演化而需像詠春拳，進入細微繁複的和孩子的相處時間。他就不再是我父親那輩，老和尚一頓棒子，什麼都不說，要你自己用一生去參悟。但天啊，當你真的像詠春拳（其實是陪伴和哈啦）進入那個孩子的繁花錯羽的小宇宙，你好像才又跟著他們，觀看這個，其實是他們，而不是你，要進入像《愛麗絲夢遊記》那樣不斷變貌的世界。

25 父親的朋友

在我孩子眼中，父親的朋友都是些怪咖吧？
他們在孩子的心中，
是和童話書裡的狐狸、長頸鹿、
蘭怪、大眼仔、Keroro軍曹，
是來自同星球的人物。

我記得小時候，在永和那個小屋裡，會見到的父親的朋友，我們稱呼熊叔叔、趙伯伯、朱叔叔、汪北杯、丁北杯的這些人，都像某種獨特生物。他們是我父親的至交，通常來我家都是在過年前後，攜家帶眷。我母親也會像辦酒席一樣，在廚房忙一整天，辦出一桌平常我們不可能見到的獅子頭、糖醋魚、佛跳牆、悶筍絲蹄膀。

等我年紀稍長，才拼湊理解：這些「父親的朋友」非比一般，因為我父親是一九四九年隻身逃來台灣的，等於除了我們這個小家庭，他在這裡沒有任何親人。那些我們小孩眼中的叔叔伯伯，其實是當年和他一起輾轉不同路線，也跑來這裡的同鄉弟兄。

他們都是相濡以沫的異鄉人，可能最初也沒想到會在這島上終老，之後各自娶妻生子，人生際遇各有不同。但相聚時，就比一般人多了份難以言喻的「結拜兄弟」氣氛。

現在我當父親啦，孩子們小時候，也會在我們小小的家，感受著「父親從外面帶回來的朋友」，他們也要喊叔叔、伯伯、阿姨。

當孩子們慢慢長大，人際之網逐漸張開，如後來的我們，或覺得這些叔叔伯伯無足為奇。但在某個階段，父親從外頭帶回來的朋友，對他們而言，雖不知對方是何許人也，只感覺到一種歡樂的氣氛。父親和他的這些哥們開玩笑打屁，不像平時那麼嚴厲了。而這些叔叔伯伯阿姨，通常還會帶些玩具給他們，或糖果零食蛋糕。總之，父親的朋友，就是一種好東西。

我孩子眼中，父親朋友都是些怪咖吧？有一陣子我們家裝了Wii，裡頭的棒球遊戲可以設定不同隊員，我孩子們設定的除了家人之外，就是曾來過家裡的這些叔叔阿姨。

我這才發現，我的朋友在孩子們眼中，真的都超怪。譬如，陳雪阿姨的伴侶，在他們眼中明明是個女的，我們卻要他們喊「早餐人哥哥」；或是大象叔叔明明光頭留長鬍鬚，他卻總穿著裙子；或世運阿姨和貓叔叔，他們在螢幕設定上都給他們裝上貓臉。

我只能等他們稍大點，才能試著解釋，這些古怪的叔叔阿姨，都是台灣非常重要的創作者啊。他們在孩子的心中，或和童話書裡的狐狸、長頸鹿、蘭怪、大眼仔、Keroro 軍曹，是來自同星球的人物。

「父親的客廳」其實是孩子最早的，對人類世界最初的幾何結構，或萬花筒雛形。想想，一個孩子從小是在《紅樓夢》的賈府，或是張愛玲家的客廳，或白崇禧家的客廳長大，孩子腦中對人際關係、人情世故的理解領會是多麼不同？

我記得小時候，父親的朋友中有一位丁伯伯，那是我們這些孩子心目中最好的人了。每次過年，他親自送紅包來。那年代還沒有千元鈔，其他長輩一般包給小孩就是兩張一百元。就這個丁伯伯每次包給我們一人厚厚一包，六千或一萬。我父親在門口和他扭打，他死都不收回去。

有時請我們去吃劉家鴨莊，叫了滿桌菜，之後還硬打包兩隻全鴨給我們帶回家。

我小時候認為父親的朋友中，就這丁伯伯是個大人物。但有次我母親說起：「哪有？你丁伯伯是個可憐人，當時他們南京那夥弟兄，說來就他混最差。他沒有成家，自己弄一個小麵攤，住在當時大安森林公園還沒拆遷的違章建築裡。後來他重病，我和你爸去看他，那屋子根本像乞丐寮。他是非常愛面子，又很愛你們這些小孩，才每次充闊，希望大家都尊敬他。」

26 父親的長輩

平日高大嚴厲的父親，
這時顯得像個小孩，
跟那黃公公講話，
臉真的像孩童那樣燦爛天真的笑著。

我們小時候，每當父母要帶我們去一位「黃公公」家，父親都非常緊張、焦慮。父親會西裝筆挺，母親也穿上平時罕見的旗袍。父親手上會提著一袋洋酒禮盒，在公車上極嚴肅的告誡我們，等一下去黃公公家，皮拉緊一點，給我乖乖有禮貌。哪個闖禍，回來看我怎麼修理！我們小孩也感受到那種戒慎恐懼，因為我們身上也穿著那窮年代小孩極難得穿的小西裝。

我記得我們走進那個公寓，除了黃公公、黃婆婆，還有一位女傭。他們家鋪了深色的地板，一進門一定要換上布拖鞋，大廳掛著一幅大幅的山水畫，兩邊則是中堂的一副對聯，但我完全不知道那是何人的字何人的畫。那客廳的整套沙發，一旁的立燈和比我還高的彩瓷大花瓶，還有裝在瓷盆裡的小假山和電動流泉，給小時候的我很深的印象。這屋子整個壓抑著一種老人的氣氛，比起父親帶我們去過那有錢人的家，這屋裡擺設不算奢華，但有一種讓人呼吸不過來的靜肅之氣。對了，後來我去故宮、歷史博物館，或圓山飯店，就有這種fu。

我們小孩自然乖乖坐在沙發角落，那個黃婆婆會很慈祥的拿出也是那年代沒見過的松子軟糖給我們吃。平日高大嚴厲的父親，這時顯得像個小孩，跟那黃公公講話，臉真的像孩童那樣燦爛天真的笑著。有時黃公公講一句我覺得並不好笑的笑話，父親和母親會誇張的笑得前俯後仰。我覺得在那屋子，他們都像在劇場舞台上的話劇演員，講話腔調和平時不太一樣，臉部表情也多了一種炭筆素描的細微暗影。

後來我才知道，那就是「某個有權力之人的家」。這個黃公公，是當年的老立法委員，後來在李登輝和國民黨大老政爭那陣子，和一些老國代被人們喊為「老賊」。但時光倒回我小時候，我們一家那麼忐忑、戒慎恐懼走進的老公寓，他是我父親的老師。

在那個封閉、戒嚴的年代，認識這樣一個大人物，某些時刻真是保命。我父親後來在他待了二十年的學校，某一次校務會議批評校長汙了清寒獎學金，竟然就被解聘了。那可能是我見過父親最像喪家犬的一段時光。我父親失業一年。後來扯下臉去找這位黃公公，他一通電話我父親就又在另一所學校找到教職。

但這種完全不對等的權力關係，我原本充滿氣概的父親卻在那屋裡，顯得卑躬屈膝，討好陪笑。那給小時候的我很深的印象。我們絕不能吵鬧，絕不能頑皮，絕對不能闖禍。甚至這黃公公家原本養了一隻叫「小花」的老狗，後來黃婆婆年紀太大，照顧不動了，便把這隻狗託給我們養。我們小孩當然愛死那隻狗，但那狗大約待慣大戶人家，總有一種大小姐的嬌氣，和我父親極不對盤。我父親常被這狗惹怒，卻又想到是老師的狗，我都可以感受他那種硬吞下去的怒意和委屈。

很多年後，黃公公過世了，黃婆婆晚景淒涼。他們唯一的兒子人在美國，將她送進安養院，反而是我父親和母親就像她的孩子般，時不時帶些老外省的館子菜去探望她。

後來我長大了，在孩子小時候，也曾帶他們去我很敬畏的長輩家。不知是否家教的影響，無論這些長輩再怎麼親和，我總是非常緊張，手足無措。我想我小小的孩子應該也在觀察他們父親異於平常的慌亂吧？也有過恰好我的孩子和長輩的孩子年歲接近，他們一起玩耍時，小孩子難免會起衝突，哭鬧起來時，我會本能的想壓制我的孩子，要他讓對方。那個時刻是我最痛苦的時候，我通常會忍下，因我不想讓一種成人世界不對等的陰影，跑進孩子澄澈的眼睛。

我要怎麼將這樣難以言喻的人世的參差、層次、微妙的「某些時刻，人們並不是他們表現的那樣」講解給我孩子聽呢？我希望他們理解：權力有其邊界，即使我們是弱小者，那就保持恭敬（能不卑不亢那是太難了）。但若對方越界了，羞辱你了，或想控制你了，那這層敬畏的線自然會消失。我後來發現其實什麼都不用解釋，我父親什麼也沒和我說，讓我自己長大後慢慢體會。

/27/ 旅行

自己搭著慢車到一個陌生小鎮，
在那老舊小旅館過一宿；
第二天或搭公路局到附近的海邊晃一晃，
一直是我後來喜歡的一種自我的旅行。

有一次聽黃春明先生回憶，他的次子（早逝的小說家黃國峻），小學一年級時，遇到了一個有偏見、愛處罰，小朋友寫錯字就要寫一百遍的老師。他去學校跟老師溝通，卻被嘲諷搶白了一頓。

想給國峻轉學，但那時距暑假還有一個月。這老爸某天對國峻說：「今天不要去上學了，爸爸帶你去旅行。」

於是，黃春明騎著機車（那個年代，可能就是光陽一百那種老機車），載兒子從台北一路往南，展開他們父子的「公路電影」。他們一路漫遊，在民國六十幾年那時空——不像後來有了高速公路、有了自強號火車、甚至有了高鐵，台灣的南北交通移動如此容易。他們在苗栗山區，恰遇到農民的母豬在生小豬崽；他們在油行加油；後來到高雄時遇到颱風來襲，他們頂著風雨跑在颱風前面往北回返，沿途看芭蕉葉像整團芭蕾舞者的裙子那樣翻湧著……。

我想像著七、八歲的國峻，在機車後座環抱著父親的腰，眼睛睜得大大的，看著那一切如此新鮮，充滿驚奇的世界。

這裡頭有兩個人類生命非常美麗的元素：「冒險」，還有「陪伴」。

它是非常難得湊遇的一段時光，有這機緣，一對父子共同經歷了這兩件事同時發生。

就我自己的記憶，冒險，其實就是叛離父親，至少是離開父親規約的動線，展開一趟自己的啟蒙之旅。講白一點，就是蹺家。對一個少年來講，沒有比蹺家，在某種意義上剪斷父親手中那風箏線（當然那是沒有手機的年代），沒有比這更恐懼那之後的懲罰，但也沒有過那樣刺激、驚奇、張大眼睛所見都是新鮮事物的一個儀式了。

我高一時，有次闖了個大禍，學校教官審問到天黑，離開學校後，我便和友伴決定一起蹺家。我們先跑去中和山上圓通寺露宿了一夜，然後找另一哥們借了一筆「跑路費」，便搭上當時行速最慢的火車，往南部去投奔朋友的朋友。我們當時悲壯的想，就到南部找個工廠打工，日後有成再回家鄉。當然這事後來成了一樁鬧劇。

我們到了北港朋友家，他雖然有些黑道的背景，但根本也還只是個少年。總之，我們離家大約四、五天，就又垂頭喪氣的回家了。我記得我是在深夜進家門，一進去就雙膝跪下，我父親並沒如我想像的揮棍子揍我。他只淡淡的說：「我沒有你這個兒子。」

事實上，我父親如果那時肯坐下聽我說，這一路的冒險，我看到了些什麼？我和哥們坐著慢車，車經過淡水河時看到那玫瑰色的晚霞，和整批的野鳥；我第一次感受到那車廂晃搖的空間，那些一臉愁容，帶著一堆小孩的婦人；疲憊安靜的老人；還有三兩穿著雨鞋，衣袖沾滿水泥漬跡，拿下黃膠頭盔，頭髮像被燒灼過捲曲的建築工。沒有一個人的色調或氣味，和我們這兩個穿著制服的台北高中生一樣。

很像進入到一個夢的倒影，或像我們一路晃到苗栗時，那巡邏的列車長起疑，問「少年耶，你們到底要去哪？」我們驚恐之下胡亂下車。那也是我第一次，在那樣的深夜，像卡爾維諾的「如果在冬夜，一個旅人」，從一個暗影空寂的火車站走出，胡亂找了一間小旅社投宿。那也是我第一次沒和家人在一起，住在那老舊、霉味，櫃台老阿姨內將拿水銀膽熱水瓶和大壓克力牌鑰匙給我們，那樣讓我後來仍懷念其醚味的日式小旅館。

後來，這樣的自己搭著慢車到一個陌生小鎮，在那老舊小旅館過一宿；第二天或搭公路局到附近的海邊晃一晃，一直是我後來喜歡的一種自我的旅行。我二十多歲時還常進行著這樣的旅行。一直到我當了父親，必須扮演那個在駕駛座開車，將全家人安放在車廂，住進的旅館也至少要有兒童遊樂設施。好像旅行就是為了陪伴那小獸般的孩子，在一沒有威脅感的玩樂行程，那樣的十六歲蹺家所著迷上的漂蕩和可能看見所有陌生人事物的獨自搭火車，才被我關閉。事實上，我父親也早已離開人世許多年了。

28 童言

孩子的想像世界何其古怪、原始，
甚至殘忍。
小孩沒有足夠的生命經驗去憂畏這種惘惘的威脅，
是吃過人生各種苦頭的大人
灌輸給他們的。

有一天，我回永和老家，姊姊跟我說起她小時候，有次在客廳看電視，看到新聞報導說：「教宗若望保祿二世……」她自作聰明想了想，說：「我知道了！那他的前任一定是保福一世，他的下一任是保壽三世，再下一任是保喜四世。」她以為她勘破了這遙遠他方，那個教宗聖號的傳位祕密：福祿壽喜！沒想到坐一旁的我爸，非常生氣的訓斥她：「胡說八道！」

我們姊弟倆哈哈大笑。如今父親過世已十多年了，我們也都五十歲了，非常懷念我童年記憶裡，那個嚴肅的、常因為我們童言無忌而訓斥我們的父親。他所生存的那個時代，憂讒畏譏，容易因言惹禍，所以教養中特別在意孩子們有沒有謹言。偏偏那樣資訊封閉的年代，我哥、我姊和我，又特愛憑想像胡亂猜臆我們這小鎮之外的世界。

我印象很深，有次母親上班的公家機關員工旅遊，第二天要搭小飛機往澎湖。我想母親應也很興奮期待，但只是我哥晚餐時嘴癢胡說一句：「飛機空難喔。」母親非常生氣，平時脾氣溫和的她把我哥痛罵一頓，然後非常焦慮和父親討論，最後打電話給同事，稱病說她不參加這次的旅遊了。

後來當然並沒有發生任何事，同事平平安安玩回來，還給了母親土產。但當時的大人，對孩子的話真的很大驚小怪。

熟悉童話故事的人就知道，孩子的想像世界何其古怪、原始，甚至殘忍。小孩沒有足夠的生命經驗去憂畏這種惘惘的威脅，是吃過人生各種苦頭的大人，灌輸給他們的。也許是做為經驗，要孩子們趨吉避凶，或不觸到別人的禁忌。但後來的世界變化這麼快，很多時候，孩子們掌握外面世界的新資訊，比父母強太多了。

我記得兩個孩子小時候，我為了要管制他們的調皮搗蛋，騙他們說天空上有一隻很大的烏龜，一直跟著我們，牠叫做「烏魯木齊」。如果他們皮，「烏魯木齊就看到了！」小孩兒黑白分明、半信半疑又擔心地看天上的表情，真是可愛！當然很快他們就不信我亂編的這一切、只對大人管控有利的東西。

孩子們不知不覺變成青少年了，和我是孩子年代的父子場景，發生了很大變化。很長時候是餐桌上我找話題逗他們聊，他們不太理我；有時我為了引起注意，說些太扯的，他們會見過世面的說一句：「胡說八道！」

有次我跟他們回憶，我國四班那年交了一些「鬼混」的朋友，他們都是念一些那年代的流氓學校。那年的五專聯考，我們一掛人去報名，然後我一個人當槍手罩他們全部。我們被安排梅花座，而且我的位子在考場倒數第二個座位，於是我們設計了一套模式。因為全是選擇題，於是我們對錶，幾點幾分時，坐我斜前方那傢伙，就會假裝低頭，但眼角餘光瞥我的鞋尖，答案A腳尖點一下，B點兩下，C點三下，D點四下，然後為了避免漏看而全錯，每十題我的鞋會做一個橫擺的動作。然後這個人再如是同樣用腳尖打暗號給他斜前方那個……

兩個孩子難得專注的聽我說著那幾十年前，我和他們如今年紀差不多時幹的壞事。說不出是詫異還是「爸爸你竟然做這樣的壞事」的批判，最後他們的表情恢復了平靜，異口同聲說：「爸鼻他又在胡說了。」

29 嚴厲的父親

我和兩個孩子，
從他們還小時就經常打打鬧鬧，
我可能是他們心中的熊麻吉還甚過父親的形象吧！
這其實是我們這個時代的幸運……

朋友大寶的父親過世了，在群組裡寫信告訴我們大家。突然發現這些朋友裡，好像父親都在這幾年先後離世。說來我父親的葬禮，距今十多年了，算是早的，從三十七、八歲至今，似乎要花那麼長的時光，才將父歿這件事的徬徨、恐懼，真正安置進生命本然之春花秋實冬肅殺之運行體會。

其中一位大象君，他們家從前是做全台灣中學生制服的太子龍，童年家裡超有錢。後來他父親投入股市，把家族的資產全賠光，帶他們母子從彰化跑到台北。在他大學時，父母或因憂懼，先後在一年間離世。他說他這二十多年來，常夢到亡父，但父親在夢中的形象非常衰敗，渾身散發臭水溝味，且回來夢中的家，他們這些孩子都沒人理他。可能是他深深的潛意識，覺得自己後來的人生這麼辛苦，對父親的怨懟始終不肯放下。

直到前兩年，他做了個夢，父親在夢中的形象，又像他小時候記憶中的那個父親，穿著皮革夾克、Levi’s 牛仔褲、皮靴，不折不扣的黑狗兄形象。我說，那表示你最內心，對現在的這個自己，有點信心了，跟你爸和解了。

我記得我父親的葬禮，其實他那輩的朋友多凋零了，葬禮顯得很荒涼。反而是我母親那邊認識的慈濟師姊來了一大堆，但我父親根本不信佛教啊。我記得那時，我大兒子才五歲，小兒子才三歲，小兒子因為先天性關節鬆脫，需要穿著一種鐵支架箍住整條腿的矯正鞋。葬禮上他跟我們在家屬答謝席，我們一起跪下時，小兒子像條魚整個趴在地下游。我們都很緊張，因為小孩不知這是個悲傷的場合，還在耍寶胡鬧。很怪，我對父親的葬禮，就清楚記得這個畫面。

說來我父親自己是個孤兒，十四歲時，他父親就過世了，使他吃了非常多的苦。之後自己一個人跑來台灣，到四十歲娶我母親，可能都活在一個律己極嚴、恐懼犯錯、和職場上各種人的衝突遭遇中，都沒有可以訴苦或尋找支援的親人。所以我整個童年、少年、青少年記憶的父親，都非常嚴厲。我們犯了錯，他會讓我們跪在祖先牌位前，用木刀抽打，好像出了這個不肖子，是他對不起牌位上的祖先。那可是虛渺不知其存在的一塊小木牌啊。

我是到了長大才理解，我父親根本不知道要怎麼當父親啊。沒有人告訴他該怎麼當個父親，我們這些孩子是他的延伸，他對我們就像對自己一樣嚴厲，甚至他可能把這種「必須吃苦，律己以嚴，待人以寬」的信念透過那些揍我的時刻，傳到我的靈魂裡。

但當我面對我的兩個孩子時，這種奇幻的「父的火車軌道」——我父親之於我是這鐵道的上一個站，而我的下一站是我的孩子——好像行駛上不那麼沿著直直的鐵軌滾車輪了。我有時在餐桌上說我的一些見解，會被兩孩子搶白，我會說：「這要是以前，我哪敢這麼跟爺爺說話？」孩子們都會說：「爸鼻，你不要又拿爺爺來壓我們。」

可能父之殤終於被孩子們慢慢填補，我的父親那輩，其實整個時代沒有給予他們關於愛的款款搖曳的訓練和教養。也許他們是愛國，或是愛一個空洞不明的祖先，而且這想像出來的祖先，好像總帶著嚴厲、期盼的眼神，遙遙監看著疲憊辛苦求生存的他。

我感到我這些哥們在群組上說起父親、亡逝的那個人，其實和我一樣，父親都是不會表達感情，對小孩極嚴。等他們長大後，和父親其實都疏遠、不常聊天。

我和兩個孩子，從他們還小時就經常打打鬧鬧，我可能是他們心中的熊麻吉還甚過父親的形象吧！這其實是我們這個時代的幸運，父親的角色在那舞台燈光被調得柔和的家庭劇場中，得到了更多像是和小熊追打、不再那麼孤單的父親，那種愛的學習。

30 某個神祕的時刻

那段時間應該是我人生的最低潮，
我父親崩倒了，
而我也沒有準備好迎接第二個孩子來的經濟壓力，
我夢想的創作時光可能要被壓縮，
一切都是惶惶然的威脅。

我記得孩子們的母親剛生下小兒子時，我帶大兒子到醫院去探視，那時他才兩歲，是個非常害羞的孩子。我帶他搭電梯，我們身邊站滿了其他大人。我發現他就站在樓層鍵下方，小小的身子，但把頭低低垂著，非常低非常低，好像是非常窘迫和這麼多人在一個空間。當時我覺得好笑，出電梯後，我蹲下對他說：「那些人，沒有人在注意你啊。」

那段時光，我父親因為中風，住在榮總。妻子回娘家坐月子那個月，每天早上，我會開車到岳母家接大兒子，然後讓他坐前座的安全椅，再開車帶他去醫院探望爺爺。我父親當時處在重度昏迷的狀態，但只要這大孫子到病房，在他床前唱一些兒歌，我父親插管戴氧氣罩的臉上，就會出現笑容。

我很難講述當時我的感覺，我的父親倒下了（他躺了三年多後過世），當時我也沒任何經驗可循。如果是現在，我就不會那麼慌了。我們第二個孩子的出生並沒有在計畫中，是意外來的。當時我沒有工作，剛寫完一個自己也沒把握的長篇小說。大兒子在兩歲懵懵懂懂的狀況下，突然感覺家的周邊人們發生劇烈變化。一開始他像小動物賴在媽媽身邊，現在媽媽突然生了個小嬰孩，而且懷裡始終抱著那個傢伙，然後每天父親沉默的載他到醫院，探視癱瘓的爺爺，使他開始意識到「爺爺病了」。這過程他好像吸收了某些他也不理解的哀愁，整個小孩變得很安靜。

那段時間應該是我人生的最低潮，我父親崩倒了，而我也沒有準備好迎接第二個孩子來的經濟壓力，我夢想的創作時光可能要被壓縮，一切都是惶惶然的威脅。我想我的這種憂鬱或徬徨，應該被這安靜的孩子接收到了。有時他會小聲的跟我說：「我嗯嗯了。」我會去找一間廁所，幫他換下紙尿褲，然後抱他在盥洗台上洗屁股。有時我從鏡子看見自己的臉，那是一個愁眉苦臉的男人的臉。

然後我會載他到回程經過的大葉高島屋百貨，到兒童用品樓層，那裡有一台投了幣就會唱歌的小蜜蜂機台。他騎在上面，那小蜜蜂會上下晃動。

之後我帶他到B1樓層，那裡有一座非常大、玻璃牆挑高到兩層樓的水族箱，裡頭巡游著大大小小的漂亮螢光珊瑚礁魚：小丑魚、蝴蝶魚、刺尾鯛，當然還有珊瑚礁和海葵，非常美。每天那個時間，準點，就會有兩個穿潛水衣踩蛙蹼背氧氣筒的潛水夫，一男一女，進入那大水族箱裡進行餵食秀。他們手中各抓一根大白菜，然後蹬腿在那水中世界穿梭游著。魚群們排著列游在他們後面追那手中食物，像是一大群蝴蝶款款飛舞，美得不可思議。

那時，我會把大兒子抱上脖子，讓他像騎馬般騎在我頭上，我身邊有好多年輕父母，也帶著他們的小孩看著這幻美的聲光劇場，我覺得大兒子那時的眼睛一定燃燒著金色的光輝。我能夠聽見他和在場其他小朋友一樣，發出快樂的笑聲。

那對我是個神祕的時刻，如果時間一直停留在那個點，我的生活像擱淺在岩礁的大船，似乎卡在那兒，茫然無所依。但時間繼續流動。三年多後我父親離世，孩子們持續長大，我繼續寫了好幾本書，認識了更多的人更多的事。現在孩子們都是十七、十五歲的青少年了，都喜歡和朋友出去，這幾年很少有我帶他們出去玩的機會了！

人生後來或許還會遇到更大的、猝不及防的困境，但好像那個頭頂著小小人兒，站在夢境般的華麗魚群洄游的景色前的我，有個機鈕輕輕喀啦被轉下。那是個神祕的時刻。我心裡對自己說：「你要當個強大的父親，要一直帶著他們看這樣的美景。」

國家圖書館出版品預行編目（CIP）資料

也許你不是特別的孩子 / 駱以軍著.
-- 第一版. -- 臺北市 : 遠見天下文化,
2019.07
面 ;　公分. -- (華文創作 ; BLC103)
ISBN 978-986-479-777-6 (平裝)

863.55　　108011370

華文創作 BLC103

也許你不是特別的孩子

作者 — 駱以軍
插畫 — 陳沛珛

總編輯 — 吳佩穎
副總編輯 — 周思芸
特約校對 — 魏秋綢
美術設計 — 三人制創

出版者 — 遠見天下文化出版股份有限公司
創辦人 — 高希均、王力行
遠見．天下文化．事業群 董事長 — 高希均
事業群發行人／CEO — 王力行
天下文化社長 — 林天來
天下文化總經理 — 林芳燕
國際事務開發部兼版權中心總監 — 潘欣
法律顧問 — 理律法律事務所陳長文律師
著作權顧問 — 魏啟翔律師
地址 — 台北市 104 松江路 93 巷 1 號 2 樓

讀者服務專線 — (02) 2662-0012 ｜傳真 — (02) 2662-0007；(02) 2662-0009
電子郵件信箱 — cwpc@cwgv.com.tw
直接郵撥帳號 — 1326703-6 號　遠見天下文化出版股份有限公司

內頁排版 — 張靜怡、楊仕堯
製版廠 — 東豪印刷事業有限公司
印刷廠 — 祥峰印刷事業有限公司
裝訂廠 — 聿成裝訂股份有限公司
登記證 — 局版台業字第 2517 號
總經銷 — 大和書報圖書股份有限公司 電話／ (02) 8990-2588
出版日期 — 2021 年 1 月 26 日第一版第 5 次印行

定價 — NT 300 元
ISBN — 978-986-479-777-6
書號 — BLC103
天下文化官網 — bookzone.cwgv.com.tw

天下文化

BELIEVE IN READING